Guillermo Quiroz

Iván el temible

"No existe decoro literario…
solo queda escribir frases verídicas".
Ernest Hemingway

"El escándalo, en nuestros días, no consiste
en atentar contra los valores morales,
sino contra el principio de la realidad".
Mario Vargas Llosa

"Descorazona la resiliencia que la
estupidez y la maldad también tienen".
Jaime Bedoya

A Fernando, Gustavo y Ernesto.

Índice

I   Semilla de maldad   5

II   Palomilladas premonitorias   24

III Devaneos y fechorías   40

IV   La sombra del delito   55

V   Lujuria   70

VI   Las pugnas del amor   81

VII Bajos fondos   99

VIII La gesta   114

IX   La estocada   130

I

Semilla de maldad

> *"El hombre ha nacido para vivir*
> *entre las convulsiones de la inquietud*
> *o en la letargia del aburrimiento".*
> Voltaire

¡No voy a desayunar! –respondió con el mismo tono y apremio al llamado de la mamá mientras se despabilaba en la plenitud de la adolescencia a media mañana de un domingo de los cincuenta. Con los párpados pesados y el cuerpo cansado como era de ordinario luego de larga noche de amigos, cartas y parloteo banal, Iván se lamentaba de haber perdido las últimas monedas en el póker por su juego imprudente, atolondrado. Al acusar el crepitante calor de la habitación, descorrió la cortina y abrió la ventana por el aire fresco y el brillo del sol estival esperando disipar la atmósfera pesada de la noche. En ambiente apropiado, ocuparía la mañana en buscar la manera de solventar el compromiso de la tarde. Sin apetito y sin ganas de levantarse, dejó pasar el rotundo desayuno que disfrutaba los fines de semana con Felipe, el hermano mayor, que

compartía habitación: pan francés recién horneado con salchicha de Huacho, huevos revueltos, tostadas con mantequilla y mermelada, medio tamal y café cargado, con limón si dolor de cabeza. Al terminar, dejando a Iván en la cama, Felipe salió al parque a jugar.

La invitación a Cielito a matiné le tenía el alma en vilo desde el alba hasta la noche. *Al salir del cine la llevaré al Tip-Top a tomar helados, allí le caigo, sí o sí...* -se repetía Iván. La guapa niña, un año menor, le rondaba la cabeza en vigilias, sueños y provocaciones. Halagando el despertar del ego machista espetó para sí: *¡conmigo o con nadie!* revelando tempranamente uno de los rasgos relevantes de su modo de ser, además de anunciar que algo fuera de lo común comenzaba a cristalizarse en su cabeza. Iván siguió pensando, mirando al techo.

Interrumpió sus cavilaciones la voz lejana de un megáfono. *¡Compro ropa vieja, llantas, muebles, ollas, fierros, libros usados...!* Se asomó a la ventana y vio al ropavejero acercarse empujando la carretilla, pasar por delante y continuar su camino. Iván siguió con la mirada al oportuno personaje mientras repasaba raudamente lo pasible de vender. Presto a doblar la esquina: *¡Oiga! ¡Venga, venga!*

- Muchachos, le caí a la Cielo, me aceptó al toque - contó a los amigos esa misma tarde.
- ¿En dónde?
- En el Tip-Top.
- ¿Así no más, tan rápido?

- Bueno, se puso remolona… como todas.
- ¿Qué te dijo?
- Lo de siempre, que lo iba a pensar, imagínense…
- ¿Y tú?
- La trabajé al sentimiento, pues: mira Cielo, si quieres estar conmigo me lo dices ahora mismo y, sin más, ¡le planté un beso en la mejilla! Los besos robados son los más deliciosos, ¿sabían eso?

Finalizado el partido de futbol a mediodía, Felipe regresó agotado con intención de bañarse, almorzar y tumbarse a la cama. Al entrar al dormitorio:

- ¡¿Quéee?!
- ¿Qué pasa Felipe?
- ¡¿Iván… quién se llevó mí catre?!
- Ni idea…

¡Ya vengo! -dijo Iván antes que la mamá regrese de misa sin saber que acabada de llegar. Enterada por la empleada, balanceando el índice que lo apuntaba cual flecha envenenada lanzó el regaño: *eres un granuja, le diré a tu padre y tú dormirás en el colchón del suelo...* Ya ves Ivancito, no es fácil que te salgas con la tuya, piensa bien tus acciones y controla tus impulsos puesto que sabes discernir perfectamente entre la palomillada banal y la abusiva, ¿no es cierto?

Alguien acotó: *Todas las maldades nacen en estado de inocencia, para vivir el día y gozar lo que se tiene...*

Desde la separación de sus padres, Iván aprendió a sortear las carencias y vicisitudes de su frágil adolescencia con temple y disposición, confinando ansiedades y obviando quejas lastimeras ante la familia, ante los amigos, ante nadie. Nieto de italianos, no le escaseaban ventajas físicas: alto, bien parecido, de ojos claros y avispados, el pelo negro levantado a lo Elvis que mesaba constantemente, calificado unánimemente por las madres de *buenmozo*. Y era cierto. A escasas líneas de ser bello, su figura deslumbraba a las niñas de la vecindad que despertaban a la vida junto a él. Añadía a esa estampa un temperamento extrovertido, afable, de palabra viva e insinuante que caía bien a quien tratara. En esa tesitura, cumplía con creces el modelo de atracción barrial: apuesto, carismático, locuaz; en sencillo: pintón, vivaracho y ocurrente, presto a responder las pullas de algún gracioso que pretendía tomarle el pelo:

- Tu abuela es más vieja que Matusalén.
- ¿Ah, sí…? ¿No recuerdas que la tuya no pudo detenerse a mirar las momias en Egipto porque al instante los turistas comenzaron a tomarle fotos? ¿Cómo la ves?

****

Fue un niño sagaz desde su tierna infancia. Los vecinos se preguntaban por qué se esmeraba para que sus travesuras solapadas y abiertas terminaran en perjuicio, tanto que sus excesos harían llorar a las piedras. Les parecía que priorizaba el desdén, como si no ser motivo de escándalo era para otros, no para él y, lo más curioso, no le interesaba el regaño, pues miraba al regañón sonriendo, como si hubiera una broma privada entre ambos. Es más, reputación era una palabra en la que no pensaba, por tanto, no cabía colocarla dentro de su buen juicio. Desde entonces, Iván se acostumbró a vivir cerca del fuego, justificándose: la gente critica y encuentra defectos a todo y no debe ser así… Un absoluto y transparente estúpido toto él.

Doña Meche, matrona activa y devota, apuró lo que le nacía para enrumbar a los hijos por sendas alineadas de rectitud y buenas costumbres. Intención y voluntad no le faltaron, aunque solo acertó con uno. El padre -que nunca estuvo- solía llegar intempestivamente a dejar la manutención y corregir indisciplinas una vez por semana, a veces al mes, en un reluciente BMW cupé sport, envidia de los vecinos por el auto y por las compañías: guapas sirenas trajinadas o de horno reciente, como aquella agraciada gitanita con aires de fuga que desencadenó la feroz persecución del clan acusándolo de secuestro. La sangre no llegaría al río transando con astucia y promesas temerarias que no se sabe si cumplidas. Versada cantera la de Iván.

Los gestos al llegar despertaban alegría -por la propina- o recelo -al ignorar lo que traía entre manos. Al ver el auto, los hermanos calibraban de lejos el genio que portaba por el paso al caminar: si zancadas recias y apuradas, ¡a volar! por si las moscas. Enterado de las quejas, perseguía al díscolo de la semana correa en mano, Iván con frecuencia. El hijo turbulento frente al padre inaccesible. En aquella habitualidad, extrañando acercamiento, Iván fue construyendo a temprana edad -con más furia que ruido- el insigne pedestal de los emancipados: el libre albedrío.

****

Olvidada Cielito, el inquieto Iván distraía la ociosidad saliendo de casa a la caída del sol a devorar veredas sin prestar a tención a su rededor por absorto en el mantra cotidiano que lo mantenía expectante: el caro deseo de transitar como adulto los últimos años de la adolescencia y gozar los encantos de la edad madura, sin que las demandas de tamaña osadía le quiten el sueño. Un desvarío. *¿Y qué?* *Tengo manos y pies, ya veré* -decía jactancioso. Colmada la cabeza de fantasías susurrantes que lo asentaban en el codiciado mundo, aprendió a fumar en las colillas que dejaba el padre en el cenicero de la sala a fin de pavonearse ante los camaradas de su edad -14 cumplidos- expeliendo cimbreantes fumarolas que esparcía por sus caras para regodearse con la travesura. No faltaba quien pidiera una pitada al pucho: *bueno, dale un par de caladas, hondas si quieres, ¡pero no me lo caldees!* Redondeaba la palomillada parándose en el poste frente a la bodega a esperar algún vecino para encenderlo apurado, sin importarle un pepino el chismorreo barato -como gustaba decir- que vendría por no tener buena opinión de nadie. ¿La tendrías de ti mismo Ivancito?

La arrogante caminata culminaba con el horizonte cobrizo de final de la tarde en el Café Roma, en el primer piso del edificio en que vivía con la mamá y el hermano en la Urbanización Jardín al este de Lince. Sentado en la mesa de todos los días, esperaba a Ernesto, Fernando y Gustavo -amigos más cercanos del grupo- para compartir el aire fresco y el ambiente distinguido que adornaba el crepúsculo. Habituado a sus presencias, gustos y alcances, el mozo servía sin preguntar: cuatro *caffès espresso* y cuatro donuts, precarios testigos del cotorreo grandilocuente atestado de anécdotas, chismes indiscretos, chistes calcinantes y risas esforzadamente mesuradas. Arrogándose lo que no eran, se daban el gusto de que los demás admiren el aire refinado que se gastaban alucinando que la vida es corta y hay que saborear los sueños de grandeza que la edad consiente.

****

Cerrada la puerta de la inocencia, cuando se comienza a apreciar las delicadas formas y olores femeninos, Iván ingresó alborozado a degustar las caricias, los halagos y el encanto de la carne floreciente que facilita liberar el insufrible embalsamiento. En aquel amanecer de la sensualidad, cuando se condensan las aspiraciones y los deseos que fomentan solitarias gratificaciones, tomó la galantería como deber, prodigándose en alabar los encantos de las provocativas hijitas de Eva con graciosos silbidos sensuales. En aquel juego barrial, algunas lo disputaban por propia iniciativa o a través de espontáneas facilitadoras, la mamá de Cecilita a la cabeza, experta en lisonjear a los pretendientes que escogía para la hija, agraciada niña ciertamente inocentona. Acostumbrada a jugar sus propias partidas poniendo ella las reglas, la dama se ingenió para toparse y soltar el recado.

- Ivancito, un pajarito me ha dicho que le gustas a Cecilita.
- También me gusta a mí, señora —respondió sorprendido, preguntándose de qué pajarito se trataba y si era una posición personal o al alimón, puesto que, en aquel momento, ya tenía cierto historial con chicas del barrio.
- ¿Vienes a tomar un tecito el sábado?
- Muchas gracias, señora, ¿puedo traer dos amigos?
- Me gustaría que vengas solo, pero puedes traerlos – dijo la dama inclinando la cabeza y levantando los hombros en gesto inconforme.

¡Muchachos, ya tenemos lonche el sábado! Llevó a tres.

Días después, visitó a Cecilita para agradecer la invitación y seguir escuchando la dulce voz que lo arrobó en el encuentro. Todo cambió cuando sentados en la escalera de la entrada, la joven se asustó de la impetuosidad con que le acercó los labios y le llenó la boca, mientras las manos acariciaban pendientes núbiles. Asustada, detuvo el peregrinaje y se levantó, *¡ya regreso!* Cansado de esperar, Iván se alejó sin molestarse. Un despectivo gesto elevando el hombro se unió al pensamiento: *no estoy para delicadeces.* Te crees muy listo Iván ante una niña que espanta la tosquedad; te excediste, lo sabes, ¿qué pasa por tu cabeza?

Días después, reconociendo la malcriadez, quiso disculparse enviándole chocolates que amainaron, pero no borraron la molestia. Conociendo el costo del aprendizaje, la espontanea celestina perdonó y amagó un nuevo tecito que no llegó a formalizarse.

****

Desapegado al estudio, concurría al colegio con la única intención de drenar los sentimientos aflictivos y atenuar la grisura cotidiana en compañía, sin el mínimo deseo de atascar la ignorancia. El ocio intelectual imperaba en cada minuto de su mocedad inquieta que le inducía a llegar tarde adrede para ahorrarse la primera clase, asumiendo sin dolor el castigo de salir una hora después al final de la tarde. Sin sed, hambre ni curiosidad por saber más, no deseaba seguir escuchando lo que -según ventilaba- no servía a su propósito de vida, convencido de que en primaria había aprendido lo suficiente, como si deseara quedarse a medias en la vida. Si eso es lo que quieres, tu mente quedará desvalida Ivancito y algún día te arrepentirás, quedas advertido.

Díscolo, irreverente, sentado al fondo del salón con la cabeza posada en la pared, merodeaba por meandros lejanos o dormitaba o dibujaba caricaturas que para eso era bueno. Rebosando vitalidad, el líder y sus secuaces del mismo molde, audaces, belicosos, chacoteros -aplicados socios de la opacidad intelectual- se encargaban de retornarlo al llamado del profesor o al llegar el recreo. Ahí se sentía en su garbanzal, a la vanguardia de las mofas bulliciosas, los apodos denigrantes y el mosaico de fechorías que soltaban las esquinas más agitadas del seso para divertir a los aduladores y ofender a los ejemplares débiles de la manada, siguiendo la laudable costumbre de atacar a quienes no pueden defenderse sin que le abrume el cargo de conciencia, ¡fama y lucimiento a cualquier precio! razón de la ojeriza que se granjeó dentro y fuera del salón sin que jamás fuera acusado, amparado en la ley del patio que salva la cobardía. ¡Juegas con fuego Ivancito! Los excesos de la vida se pagan feo…

No hubo que esperar demasiado. Durante el ensayo de marcha, respondió con desgano al paso marcial que exigía el instructor sin obedecer las reconvenciones: *¡Alumno, levante más las piernas, marche como hombre!* No se echó a reír, pero estuvo a punto, sin imaginar los golpes y las burlas que le cayeron al pasar por el *callejón oscuro* de los compañeros, con mayor dureza de los ofendidos que esperando desquitarse a la primera soltaron las amarras. Las abolladuras lo dejaron sin duda adolorido, pero se fue tan campante que se notó el disimulo. Se te dijo Iván: si abusas, la adversidad se puede encarnizar contigo cuando menos lo pienses. La propia medicina lo condujo a aborrecer aún más a ellos y al colegio. Solo le complacía el partido de futbol al final de la tarde, inigualable momento de solaz que, además de apaciguarlo, suavizaba el ingreso al sueño nocturno sin los insufribles esfuerzos rotatorios habituales.

Doña Meche, que se desvivía por recibir consejos que palíen el sufrimiento nocturno del hijo querido, escribió unas líneas para leer a los amigos -conocedores del problema- durante el lonche que les solía invitar a media tarde.

Érase una vez un sabio fecundo que solía contar: En la noche del mundo, apagada la luz del paraíso para que los inmaculados disfruten a plenitud, se presentó un tipo con aire siniestro aduciendo que le aterraba la oscuridad -negando ser el príncipe de las tinieblas que le endilgaron con maledicencia sin prueba alguna- solicitando cortésmente que acortase las sombras de la noche. El Maestro atendió el pedido y apagó la luz algo más tarde para prolongar el día. Poco después, al parecerle insuficiente y abusando de su benevolencia, pidió apagarla más tarde aún. En su magnanimidad, poniendo la otra mejilla, concedió el deseo y se comprometió a prolongar aún más la luz del día, aunque solo en el verano -ofreció. Algo es algo murmuró el intruso. Muy pronto, el privilegio volvió a parecerle exiguo, pero se abstuvo al enterarse de la protesta de los protegidos que se obligaban a postergar el retiro de sus respectivas parras, su cometido. Obviando dialogar, el caprichoso echó mano a sus limitados poderes para alargar mucho más el día -por cuenta y riesgo- a un grupo de gente de sus dominios que aceptaron sin chistar (arribistas no faltaron al principio de los tiempos). Desafortunadamente, se le fue la mano y, en su desafiante proceder, tanto él como los amigos se quedaron sin oscuridad y sin dormir. Él -que todo lo sabe- dejó que paguen por el pecado y llamó insomnio *a tal desobediencia, condenación que continúa en la magia de los tiempos y alcanza hasta hoy a ciertos descendientes...*

El desvelo de mi hijo tal vez sea producto de aquel malvado -les dijo doña Meche al terminar con humor entre jocoso y agriado. Dos cucharaditas de agua de azar al acostarse por consejo del boticario facilitaron el ingreso de Iván al *suave bálsamo de la callada medianoche.* También le dijeron que una copita de oporto lo rescataría de las garras del insomnio, pero no es bueno para ti Ivancito por obvias razones...

****

¿Tercer año de secundaria? ¿Cómo llegó a tercero si conociendo las tapas de libros y cuadernos las páginas le aburrían? Cuando ocurrió lo que ocurrió, confió al círculo de adeptos la revolucionaria técnica de copiar de su invención que jactanciosamente llamó "propulsión elástica". Ataba un hilo elástico a cada extremo de una tarjetita escrita con letra microscópica, uno cosido en casa al hueco de la corbata del uniforme y, el otro, atado al dedo medio de la mano izquierda al comenzar el examen. Templaba para copiar, soltaba para esconder. Mil veces ensayado -templando y soltando, templando y soltando- copió con impunidad viendo al profesor imperativamente al frente. Para su infortunio, en el examen final jaló sin advertir que estaba detrás. Acto y trino brotaron al unísono.

- ¡Iván estás copiando! Saca el papel –trinó el profesor al descubrir la artimaña desconocida por él y por los más conspicuos copiones de los salones y colegios del mundo.
- No tengo nada, señor –liberando el hilo del dedo.
- ¡Sácalo! –repitió el profesor sulfurado.
- ¿Qué saco? –preguntó Iván con descaro.
- Lo sacas tú o lo saco yo.
- Ni usted ni yo, porque no tengo ningún papel – reclamó Iván desafiante.
- Entonces yo lo voy a sacar.
- ¡No me toque! –dijo con insolencia verdaderamente chocante.
- Acabó tu examen, te llevaré a la dirección, ¡párate en la puerta!

Iván sabía -como todos los alumnos- que don Emilio Chanobe, director del colegio, ese guarapero inteligente de nariz encarnada, cabellera crespa, atildado, de modales finos -exagerado en ocasiones- no aflojaba en materia de conducta. No lo recibió de inmediato. Trató de disipar la ansiedad mirando por la ventana con desgano el movimiento de los cipreses del jardín y de las personas que entraban y salían del colegio. Fue inútil. Sentado en atroz desasosiego, con la mente en el limbo por más de media hora, se levantó con parsimonia al escuchar el llamado. Reticente a ingresar a la boca del lobo, haciéndose el remilgón esperó que las posaderas aplanadas por la larga espera recobren redondez. No pudo demorarse más al escuchar el grito por segunda vez *¡pase he dicho!* Las pupilas se le dilataron al entrar al infierno.

Con la garganta que oprimía y las piernas tembleques que amenazaban paralizarse, entró al despacho a escuchar la acusación frente al profesor. Vacío de referentes que le avalen y sin coartada para defenderse, miró a Chanobe con el miedo zumbándole la cabeza. Su mente se retorcía entre los vericuetos de la angustia deseando que todo acabe de una buena vez. El director revisaba en el escritorio algunos documentos y no dijo nada por unos minutos, pero la expresión de los pliegues surcados de la frente lo delataba encrespado. De golpe, inició el áspero regaño censurando el mal comportamiento especificando irrespeto, atrevimiento, trampa, vergüenza, deshonor, etc., etc., sin preguntar por sus tribulaciones: hastío, soledad, miedo, insomnio, que bien conocía desde que su padre habló al momento de matricularlo.

Odiaba los sermones, pero aguantó el chaparrón descargando todo el odio de su cacerina sobre los ojos -de búho se le ocurrió- que le miraban sin pestañar. Alejado de la salvación, se limitó a hilvanar lo que haría ante el avizorado desenlace. *Iré directamente al grano* -dijo Chanobe- y se aprestó a reventar el chupo. Su voz resonó en el silencio de la habitación:

- Llamaré a tu padre.
- Le rogaría que no informe a mi padre señor, le prometo que no volverá a suceder -pidió Iván mezclando candidez y cinismo.
- Tengo que ponerlo en autos, copiar es grave y peor la insolencia.
- Es la primera vez y pido disculpas al señor profesor –dijo Iván poniendo cara de

circunstancias intentando quitarle fuego al momento.

- Los profesores estaban seguros de que haces trampa desde hace tiempo, lo que agrava tu situación -aseguró el director.

- No quiero contradecirlo señor director… acepto la falta, pero no creo que sea tan grave porque escribir en la tarjetita es una forma de estudiar señor, no sabe lo que cuesta, solo escribo lo que no se me queda, señor -creyéndose ingenioso, arriesgó la osada excusa en su afán de aplacar la intransigencia, sin imaginar que sus palabras enardecieron aún más a Chanobe; viéndole la cara y sintiéndose perdido, con muecas de su boca nerviosa rogó que el búho lance la sentencia y que todo termine.

- No debí recibirte conociendo tu salida deshonrosa del anterior colegio, lo hice ante los ruegos de tu padre -amplió el director.

- Nada ocurrió en el otro colegio señor, solo que nos mudamos cerca de este y preferí trasladarme -dijo en voz baja, como si hablara para sí.

- ¡Está expulsado! Espere afuera hasta comunicarme con su padre –espetó el director con cólera sin andarse con rodeos por no estar dispuesto a aguantar disfuerzos. Ambos fijaron sus miradas recíprocamente hostiles con ganas de exterminarse. En cuanto Iván se retiró comentó: vaya, vaya, es un pícaro, me está tomando el pelo este zoquete ...

La impronta de la expulsión crepitaba en su cabeza sin poder revertir la sentencia. La lividez de su semblante delataba la afectación que le produjo el rigor del director ante quien mal disimuló su desprecio calificándolo de intolerante. Estando sin estar, envuelto en una oleada emocional que llameaba en su interior y haciendo gala del envanecimiento que gestó desde temprano, se le armó la mazamorra y, con el corazón horadándole el pecho, en cuanto salió de la dirección atravesó el corredor, los salones, el patio, el campo de futbol sin sobresaltos, sin voltear, sin detenerse, sin despedirse mirando fijamente su destino en dramático mutis. Al llegar al extremo más alejado, tiró los cuadernos, suspiró hondamente y entre maldiciones e imprecaciones varias trepó el muro y desapareció. No llegó a enterarse del revuelo que causó en los corrillos del recreo: *¡un alumno se ha escapado!* A nadie sorprendió que fuera Iván, capaz de esto y mucho más...

Se pensó que aprovecharía para irse de juerga y disfrutar de la imprevista libertad. No fue así. Había quedado mentalmente desnudo sin intención de tomar ventaja de la absurda situación. Al llegar a casa enojado, hundió su desdicha bajo la almohada y en esa postura juró no regresar a este ni a ningún otro, ¡nunca más! *Me han echado del colegio, no me preguntes por qué mamá...* -respondió al encontrarlo en horas de clase. *Si hubieras rezado pidiendo misericordia, el Señor te habría ayudado* –insinuó la madre. *No creo que me escuchara* –se le antojó decir, esquivando lo que el cura del colegio repetía: *si no tienen una oración no tienes nada en la vida...* Sin incandescencia espiritual, hacía tiempo que no pensaba en la persona divina, ni en los rezos que la madre le enseñó, ni en el catecismo, ni en los mandamientos que por única y última vez recitó en la *primera comunión* en la iglesia a la que nunca regresó. Ausente la fe, iglesias y curas eran para otros y le tenía sin cuidado que le tildaran de descreído, ateo o como se llame por no ser de su incumbencia. Su arrogancia le impidió presagiar que muy pronto lo iría a necesitar.

¡No necesito colegios! ¡No necesito estudiar más! Afirmaba sobresaltado al parar de cuajo cualquier insinuación para que retorne a clases, esforzándose por evitar la evocación de carpetas y libros de días olvidables. Impermeabilizado a la razón, prefería nadar en la anorexia mental, por pereza y majadería, sin llegar a ser un perfecto majadero por no haber maestría. Había decidido pertenecer a esas mentes sin curiosidad intelectual, conformes con su vida infecunda de obstinada pedantería, sin apreciar lo mil veces confirmado: *la educación es la única de nuestras cosas que es inmortal y divina...* Déjanos decirte algo más que todavía no te hemos dicho Ivancito: el colegio no solo sirve para estudiar, aprendes a socializar, a ser ciudadano, a civilizarte, ¿entiendes? ¿No? Bueno, si no lo entiendes, las sombras de la ignorancia y el empobrecimiento social te acompañarán de por vida.

No me obligues papá, no todos los cerebros son iguales, el mío no está preparado para estudiar, las palabras me rebotan, no se me quedan papá, aunque no me creas, algo le falta, no sé qué es, ya probé... Pintoresco palabreo con que intentó driblear al acalorado padre que de un correazo rectificó al automermado cerebro, ya que agudo y perspicaz sí lo era. Por sobradas razones provenientes de diversos fermentos, desde aquel episodio se presentía que algo había en esa cabeza que escapaba al orden natural. En adelante, la relación con sus días sería beligerante.

La atmósfera empalagosa cargada de habladurías y acusaciones de flojo, rebelde, desorientado lo tenían hasta la coronilla. Se sumaba la insipidez cotidiana que lo llevaba a caer pesadamente en atroz aburrimiento, echando de menos a los amigos en el colegio y a las motivaciones que alegraban las horas muertas. Por fortuna, seguía recibiendo destellos benevolentes de estrellas amigables que le dispensaban razonamientos lúcidos, responsables. Aquellas estrellas le obligaron a pensar en el dilema acuciante de su corta y aciaga vida: quién quería ser y qué quería hacer consigo mismo, sabiendo sobradamente que estaba despilfarrando su propia vida. Le era difícil encontrar derroteros que florezcan y sustancien el futuro, lo que agrandaba su desubicación en el mundo y su cotidiana desazón. Algo debía hacer.

Una ráfaga de viento acicaló la memoria para recordarle el placer que endulzó los años precoces de su niñez que empezó con *Corazón"* de Amicis por su cumpleaños y "Robinson Crusoe" de De Foe por Navidad. ¿Te acuerdas Ivancito? Más adelante te llegó *"Colmillo blanco"* que humedeciste de principio a fin, además de historietas de aventuras y algunas novelitas de bolsillo de mamá. Eras -pues- un aprovechado lectorcito que tu orgullosa madre ponderaba.

- ¿De verdad quieres? No me hagas gastar por gusto.
- Por supuesto mamá.
- Entonces, te llevaré en este momento.

Doña Meche lo acompañó con el más vivo entusiasmo a la librería de viejo para la escogencia, rogando que la lectura aplaque los días mustios como a Papini: *antes leía para aprender, hoy leo para olvidar...* Iván revisó distintas portadas antes de tomar los dos tomos de "La segunda guerra mundial" y un par de novelas de Benito Pérez Galdós. Este segundo refugio de lecturas devino en espléndido bálsamo para su inquietante y vacía adolescencia, aunque detrás del bálsamo seguía acaeciendo la crudeza de la vida real. Regresó a casa satisfecho, contento de cubrir los días ociosos, monótonos, insoportables. Abrió el primer libro sentado en el sofá de la sala con música de fondo camino al florecimiento. Retomado el hábito, se levantaba conforme y de buen humor, dejando aparcada las penurias en donde habita el olvido. La mamá contó a las amigas que nada fue más apropiado que, en momentos difíciles, el hijo solitario regresara a la fuente que endulzó los días desiertos del despertar adolescente. Iván continuó apegado a la lectura por buen tiempo hasta que, la mayor edad y las amistades barriales, agrietaron la afición y trasladaron las inclinaciones a la calle.

Ahí empezó todo...

II

Palomilladas premonitorias

"Es extraña la ligereza con que los malvados
creen que todo les saldrá bien".
Víctor Hugo

Listo como un zorro, expansivo, osado, atolondrado, desconcertante, capaz de audacias impensadas, ávido de barbaridades que destrozaban las normas y despedazaban las reglas. Ese era Iván que, desde la otra orilla, mostraba modales notablemente amables y encantadores que arrobaban a las doncellas por su gran habilidad para cambiar de pendón según sople el viento, sin molestarse siquiera en maquillar las apariencias. No olvidaban sus amigos otro rasgo primordial que lo caracterizaba: narcisista de ego absoluto, súbdito de los más conspicuos creídos del universo liderados por Henry Miller: *"Nunca he conocido a un hombre tan generoso, tan indulgente, tan tolerante, tan despreocupado, tan temerario, tan limpio de corazón como yo. Me perdono todos los delitos que he cometido…".*

Iván era -pues- una amenaza en convulsión que saltaba de la cama sin enterarse si lunes, jueves o cualquier otro, salvo los sábados por el futbol de la mañana y la fiesta o el cine o el juego de cartas por la noche. Despreocupado, esperaba que las ágiles neuronas propongan picardías que escogía por el mero afán de exhibirse y trascender. Eran tiempos todavía reflexivos que impedían que los malos instintos gobiernen sus actos, sin presentirse que aquellos espacios de deliberación escasearían con los años. Por ahora se manejaba con tiento, controlando los impulsos arrebatados parado en la entrada del edificio, formidable atalaya para otear el avance del día. Una tarde ayudó comedidamente al vecino y a su hijo a cargar la camioneta con abrigos, frazadas, casacas y chucherías. *Mi viejo lleva mercadería y encargos a clientes en el camino a Tarma* –contó el amigo. *¡Qué buena idea! Me gustaría dedicarme a algo así, empezar como un simple comerciante y poco a poco ir subiendo hasta llegar a ser de alto vuelo, dueño de mis días, de mis noches, de mí mismo...* -se dijo Iván al entrar a la ducha caliente para sellar la idea.

Al día siguiente, el volcán presto a erupcionar de súbito recibió un inesperado regalo apaciguador. Sabiendo que callejeaba a la deriva, el amigo le regaló la vetusta bicicleta arrinconada en el garaje. Iván esperó lo que un tris para repararla y enlucirla en corto tiempo, convirtiéndola en amorosa mascota de engreimiento y pavoneo. Máquina e individuo en un solo amasijo de cabriolas y piruetas vistosas contentaban las fantasías del jefe de la tribu de cabellera flotante y aspecto aparatoso, henchido de fuerzas interiores invisibles que le prodigaban combustible a su vida intemporal de sueños aún no revelados.

En el torbellino cotidiano de girar y girar sin asirse a ninguna parte, montaba representaciones efectistas con el fin de impresionar, brillar, asombrar, conmover, síntesis suprema del endiosamiento que buscaba con fervor. Lástima que al final, la exhibición resultaba excesiva al confundir atrevimiento con genialidad. ¿Por qué lo hacía? La pregunta emanaba ingenua conociendo los humos que se gastaba: porque ese teatro le atraía y, desde luego, porque nunca conoció en sus andanzas lo que se llama un imposible. Sus escenas irresistibles, temerarias y cotidianas partían de su incontrolable apetito por dejar huella, sabiendo que saltarían de boca en boca, de chisme en chisme, sin que le alcancen en lo más mínimo por concebirse muy digno, aunque nunca fue capaz de conservar la dignidad. El periplo terminaba habitualmente en el cuartel general del poste delante de la bodega del Chino José, partícipe solícito de encargos para quien quiera compartir el día, siempre atento, siempre risueño. A todos esperaba con la criollada enjundiosa a flor de labios, como aquella vez en que Javincho, el tartamudito querido, llegó a comprar un cuaderno y se atascó: *don José, deme un cua, cua. cua... ¡Aquí no vendemos patos!* lo cortó, desternillando de risa a los presentes. Queriéndolo como todo el barrio, resarció la palomillada del chiste cruel obsequiándole una gaseosa.

Conociéndose que sus ficciones convivían con la magnitud más que con la mesura, no se entendía por qué, teniendo un talento por encima del natural, Iván portara escasa habilidad para procurar sentido a su vida, dando la impresión de no entenderse a sí mismo.

****

La bicicleta le aderezaba el alma tanto como el fútbol por su habilidad con la pelota. No permitía un sábado sin aquel encanto. Encargado de programar los partidos con antelación en el cuidado césped del parque Santos Dumont frente a San Eugenio, el mago del futbol reunía a los amigos para enfrentar a equipos de otros barrios que apenas conocían, unos buenos, otros malos y otros más bien toscos. Además, se encargaba de recolectar las propinas para aceitar a *"Car´e palta"* –jardinero anónimo- para que no joda, para que postergue el riego hasta después del encuentro. *Jueguen nomás…* -los animaba contento. Y así continuaban semana a semana con conatos de bronca surgidos de los inevitables *fouls* de uno y otro bando. Al finalizar el partido, el equipo perdedor se comprometía a pagar las gaseosas según lo convenido. El de Iván ganaba la mayoría. Todo se derrumbó cuando cierto sábado perdieron y escaseó el dinero. De buenas a primeras, el Chino José, que siempre fio con largueza, cerró el crédito por tanta deuda y se armó la trocatinta, una bronca descomunal en la que Iván se entendió con varios por irresponsable. Nunca más volvió aquel equipo ni ningún otro al divulgarse la falsía. Las pichangas continuaron por un tiempo con gente cercana que, conociéndose tanto, disminuyó el ardor de los encuentros. Sin embargo, los partidos continuaron a la misma hora y el mismo día, en presencia de amigas y enamoradas que, a la par que estimulaban a los jugadores y daban brillo a los encuentros, no se escandalizaron al escuchar las atrevidas palabrotas que sazonaban las protestas que creían justas jugadores y equipos.

****

Culminado el verano, el reinicio de clases le retiraba el apoyo amical que necesitaba para amortiguar el hastío, la soledad y los insondables vacíos que cobijaba su mente. ¿Qué hacer? No tenía idea, tampoco la familia, cansada de suplicar que se rectifique. Si *abril hace brotar lilas en tierra muerta,* Eliot *dixit,* ¿abril no podría germinar neuronas sensatas en cerebros baldíos? Claro que pudo. De improviso, Iván se rindió a los dulces ruegos de la madre, aunque con débil convicción: *¡Voy a terminar el colegio!* ¡Bravo! ¿Qué te hizo cambiar? Quieres civilizarte, ¿eh? -festejaron la madre, los amigos, el barrio entero. Acogida la sentencia con efusión, olvidaron que sin el certificado de estudios del tercero no cabía matrícula para el siguiente. *No quiero repetir el año* -insistía, dispuesto a culminar los dos que restaban. Moviendo cielo, tierra y lo que fue necesario, el padre -adecuadamente asesorado- presentó un recurso al Ministerio de Educación: *"...que, habiendo estado impedido de rendir los exámenes finales del tercer año por enfermedad, como consta en el certificado médico que acompaño, solicito a usted se conceda a mi hijo la oportunidad de rendirlos ante el jurado que juzgue conveniente...".*

Si bien el ministerio nombró un jurado apropiado que –como se esperaba- terminó aprobándolo, ordenó que el certificado sea expedido por el colegio en donde estudió. Negándose reiteradamente el director Chanobe por no ser cierta la excusa, firmó el certificado a regañadientes por imperiosa razón: la investigación abierta sobre su relación íntima con un alumno que cursaba el quinto, sin ser el único. *¡Caracho, si lo hubiera sabido!* –se lamentó Iván. ¿Qué quisiste decir? ¿Alguna acción pendiente?

¡Que sea mixto! –pidió. *¡De ninguna manera!* –chilló doña Meche girando y sacudiendo la cabeza sin hacer caso. No demoró en ubicar un gran cartel: "Matrícula abierta" en el frontis de una antigua casona solariega ubicada en una zona residencial cuya sala, comedor, dormitorios y cuanto ambiente existía, habían sido convertidos en mezquinos salones de clase, mientras que el antiguo jardín en patio de recreo con dos pequeños arcos en los extremos. Al arribar el primer día de clases, le asombró encontrar una casa grande como las que veía a diario por las calles sin pinta de colegio. Se entusiasmó al acercarse y ver el muro perimetral no muy alto, con rejas y enredaderas tan exiguas que parecían invitar a trasponerlas a quien desee evadirse. Eres reacio Ivancito, ni bien llegas ya estás pensando largarte…

Sin presión en el estudio y con nuevos amigotes impulsivos como él, algunos claramente malandrines, se situó en la gloria. La flexibilidad de las clases de la tarde permitía libertades sorprendentes que aprovechaban para ir al cine, al billar o a meter mano a las chicas del San Judas. El nuevo colegio puso limitados obstáculos al continuo jolgorio de Iván que cumplía impávido algún misterioso mandato interior para hacer lo que le venga en gana. ¿Y el decoro? Iván era hermético, pero todos deducían la respuesta a sus acciones. El currículo incluía clases de francés dictadas por un esmirriado *professeur* de mediana edad, de hablar pausado, fuerte acento y tenue personalidad, al que solo interesaba cumplir las horas semanales y largarse lo más pronto, sin ánimo para quejarse. Las burlas le llovían desde diversos frentes liderados por Iván, aunque a veces reaccionaba.

- Iván, ¿cómo se dice gallo en francés?
- *Le coq,* profesor.
- Muy bien, ¿y gallina?
- Le co-co-ro-coq…

El coscorrón cayó instantáneo en la cabeza del burlón en medio de las hirientes y prolongadas carcajadas contagiosas que resonaron en aulas vecinas. Iván bajó la mirada azorada y sintió que todas las demás se volvían hacia él. No le quedó otra que frotar el merecido escarmiento avergonzado y, con gesto de enfado que le ensombreció la cara, se esforzó por contener la grosería maternal a flor de labios. ¿Por qué esas ganas de añadir problemas a los que ya te depara la vida? Todo tiene un límite Iván, detén tus *shows* o te atienes a las consecuencias; este ha sido un atisbo de lo que sucederá cada vez que desafíes el respeto. Al tanto de sus reiteradas burlas e insolencias que complacían el ego, el menos advertido opinaría que el *potrillo indómito,* listo a encabritarse, necesitaba con urgencia sendas bridas de contención. ¿Tendría éxito?

Abandonó el colegio -como se temía- al culminar el cuarto año, confirmando su proverbial desapego al estudio. En su interés por complacer a su agitada cabeza que demandaba acción, reunió con apremio a los amigos para contarles el sueño en el que aparecía dirigiendo una orquesta. *¿Por qué no formamos un conjunto musical?* -propuso. Aun cuando disfrutaban de la música y bailaban como nadie, los amigos dudaron. Haber aporreado el tambor en el colegio no daba para tanto. Iván presentó dos argumentos irrebatibles: la *orquesta* -le encantaba llamarla así- acabaría con las desabridas tardes dominicales y, mejor aún, les abriría las puertas de los quinceañeros en las noches sabatinas, *¿manyan el asunto?* -dijo, sabiendo la efectividad de su convencimiento. Al converger el humor y la disposición, Iván había matado dos pájaros de un tiro: distracción libérrima y lucimiento personal, escogiendo -como tenía pensado- el instrumento más grande y bullicioso.

Reunidos en el dormitorio de la azotea -otrora de la empleada- ubicado en el cuarto piso del edificio, se repartieron los instrumentos que cada uno apetecía y se comprometía a comprar. Iván escogió la batería. El resto las maracas, la tumba, el bongó, la tarola, las timbaletas. Beto sería el cantante y un modesto trompetista recomendado pondría el estruendo musical. Tocaba la trompeta adecuadamente a cambio de una generosa propina -fina gracia de la dueña del santo- y una botellita de ron que escanciaba al avanzar la fiesta. Siendo vecinos de la Urbanización Jardín con ínfulas de trascendencia, no hubo mucho que pensar: *"Los Garden Boys"* se fundó un domingo coincidente con el cumpleaños de Ernesto. Los músicos llegaron puntualmente a la azotea portando el instrumento que escogieron. Unos en la cama, otros en el suelo o sobre cajas, se sentaron alrededor de una botella de Pisco Vargas al centro -puesta por el cumpleañero- para celebrar ambos acontecimientos.

Esta tarde debemos comenzar brindando por el dueño del santo, ¡Salud! ¡Viva Ernesto! ¡Viva la orquesta! La copita comenzó a circular con rapidez inusitada a la par que sus efluvios invadían sigilosamente estratos superiores. Entre disímiles acusaciones, el ensayo resultó una calamidad: *tú cabeza no entiende, tú tocas muy fuerte y tapas al resto, tú no tienes ritmo, tú vas por tu lado y no nos sigues, cuélgate las maracas donde ya sabes ... ¡Basta por hoy!* gritó Ernesto por encima del tumulto por tener que regresar a casa a celebrar. No contaron con que la escalada etílica complicaría la retirada. La mayoría no había probado pisco en su vida ni conocían los requiebros del exigido *seco y volteao*. Al pararse, el universo se les puso de cabeza. Ocupadas en su propio festín de vapores excitantes, las achispadas neuronas los habían abandonado a su suerte. Sin su invalorable ayuda, iniciaron el descenso con las piernas abiertas, apoyándose mutuamente para salvar caídas inminentes -como muñecos porfiados que se yerguen a un tris de topar el suelo- entre resbalones y *¡párate huevón!* Beto, quien peor estaba, entró por equivocación al dormitorio de la mamá y vomitó en el tocador. *¡Nooooo!* -se escuchó a Iván consumado el hecho. Los demás siguieron bajando hasta alcanzar penosamente la calle. *Las aceitunas son buenas para la borrachera* –gritó el vecino desde su ventana al verlos caminar a tumbos. Sentados al borde de la calzada delante de la bodega, las consumieron con la misma velocidad que las devolvían, pisco y etiqueta incluidos. Ernesto llegó a la fiesta tambaleante en una bomba de película y un tufo impresionante que disimuló al momento de la torta tumbando las velitas en lugar de soplarlas entre aplausos, reclamos y griteríos, recuerdo festivo que quedó inscrito en el álbum familiar.

La entusiasta y aplicada colaboración de los músicos en los ensayos siguientes, culminó en lo que debía ser: coordinación, ritmo, entonación. *¡Musicalidad!* gritó el aficionado que los acompañó en el ensayo. Lástima que la descomunal bulla provocara el airado reclamo de los vecinos despertados de la siesta dominical. La genial idea de invitar a las hijas acabó con la insinuación de que los revoltosos se larguen con sus trastos a donde los parieron.

Sin transporte, la orquesta solo concurría a fiestas cercanas por el peso de la batería llevada al hombro por Iván, ningún taxi la acogía. La escogiste para pavonearte Iván, lo sabemos, pero reconocemos que la golpeas bien desde que ensayas en tu cuarto acompañado de música de la radio, buena idea. Tan pronto dominaron el cancionero, llegaron las invitaciones. Tocando ritmos caribeños con entusiasmo y destreza, la fiesta transcurría en medio de la desenfrenada algarabía de los jóvenes invitados que bailaban y se vacilaban de lo lindo. A una señal de Iván, la quinceañera encendía el tocadiscos y los músicos arrojaban los instrumentos, saqueaban los bocaditos y se apropiaban de las chicas. Conatos de celosas broncas no llegaron a mayores felizmente. No volvían a tocar en toda la noche.

Meses después, un domingo de sol esplendente y ánimo encendido, esperaron en vano al trompetista. No imaginaron que la permanente desaparición del alma musical cambiaría el destino del conjunto. A eso se sumó el decaimiento del entusiasmo primigenio, hartos de ensayos y quinceañeros que cortaban compromisos más apetitosos: enamoradas, estadio, hipódromo, estudios, o lo que fuere. Iván puso toda su influencia amical para evitar el desbande sin conseguirlo. Decidido a continuar, trató de infundir calor musical a los nuevos convocados que, sin la mística ni la motivación adolescente de los fundadores, llegaron, ensayaron y abandonaron. Descorazonado, sin un ápice de crítica o reproche, Iván vendió los instrumentos al mejor postor y reunió a todos en el Roma en donde evocaron durante horas en sana camaradería -sin mencionar pisco, claro- los momentos inolvidables que vivieron durante aquellos meses de fiesta, baile y fantasía… ¡Qué recuerdos!

****

La mayor edad y las prisas que demandaban las nuevas necesidades, enviaron los encantos de la bici a mejor vida. Juntando propinas y con el aporte de la madre y la de un tío solvente, Iván compró una Vespa siniestrada. Ciertos ofrecimientos puntuales salvaron la posterior limitación de dinero para terminar de restaurar la motoneta: *cuando la termine te la presto…* -propuso a quienes ansiaban montarla. El trato indicaba uno, dos, o más días de acuerdo con lo aportado. Sin nada que le impida ocupar las manos, en poco tiempo le devolvió la estampa reluciente y cómoda de la original. Trastornado de júbilo, alucinaba estar embutido en un jean azul y una soberbia casaca roja chillona emulando a James Dean en "Rebelde sin causa" que había visto con los amigos en el cine San Isidro. Con la imagen en la mente recorrió las tiendas por departamentos en busca de la soñada casaca sin encontrarla. Al regresar a casa aplicó el plan alternativo… en secreto.

La casaca de cuerina del mercado y la lata de esmalte rojo brillante de la ferretería superarían el escollo. Eres ingenioso y decidido Ivancito, pero ¿sabes en qué te metes? La delicadeza con que corrió la brocha le dio el justo toque que deseaba para concebirse el *bacán* del barrio, galán de galanes. Al día siguiente completó la segunda mano insistiendo en ciertas áreas a retocar y, finalmente, la acomodó en el balcón para secarla. El vistazo matutino no hacía más que aumentar su presunción y el deseo irresistible de lucirla ¡ya! Por eso la palpabas a diario alucinando la forma en que saldrías roncando la Vespa y ondeando la casaca abierta en armonía con tu esnobismo, ¿no Iván? *Mientras arrincones las fechorías sigue así, no hay problema amigo...*

El día del estreno llamó a los amigos con ojos fulgurantes pensando sorprenderlos. Tiesa como cemento, no quiso probarse sospechando el resultado. Armado de valor, metió los brazos abiertos y se miró al espejo: ¡un perfecto espantapájaros! Al bajarlas las malditas grietas corrieron a su antojo. ¿Eras Iván o te hacías? ¿En dónde estaba tu cabeza? Quiso disimular el estropicio acomodándosela como pudo. Verdaderos cráteres a lo largo y ancho del pecho y la espalda terminaron con las últimas esperanzas de lucimiento estrafalario. Molesto, decepcionado por la estupenda idea hecha trizas, la envolvió con rabia y la lanzó desde el tercer piso al barril de basura de la calle. Arrepentido, al rato bajó a trancos las escaleras seguido de los convocados. La casaca ya no estaba.

****

Paseando por la vecindad cierta tarde fría de lluvia monótona, detuvo la Vespa frente a la moto de sus sueños. Se bajó para conocerla y admirarla. Al salir de la bodega, el dueño encontró a Iván extasiado moviéndose alrededor para observar los detalles.

- ¿Te gusta?
- Me encanta, esta Gilera es una belleza, te envidio, quién como tú -dijo Iván.
- Veo que tienes una Vespa.
- Si pues, pero es una vergüenza frente a la tuya, tan potente…
- Es una Gilera 500 de 4 cilindros con eje de levas transversal, soy Carlos…
- Gusto de conocerte… soy Iván, este es mi barrio; primera vez que te veo, ¿también vives por aquí?
- Sí, pero atravesando la Javier Prado.
- Entonces podemos encontrarnos otro día –sugirió Iván viéndolo apurado.

- Claro.
- El sábado a la misma hora en el Café Roma que está a la vuelta, ¿lo conoces?
- Sí, sí.

Sentados en el Roma, conversaron largamente sobre el tema que los convocaba y dominaban. Carlos, de la misma edad, participaba en carreras y eso entusiasmó a Iván.

- ¡Cuándo corres la siguiente?
- En quince días.
- ¡Iré a verte! ¿Quién te prepara la máquina?
- Yo mismo, con el chofer que es un trome.
- Qué suerte… ¿En dónde entrenas?
- Aquí cerca, en la nueva urbanización frente a Sears, la tienda por departamentos estrenada un par de años atrás.
- Conozco la zona, está cerca.
- Vendré a buscare unos días antes para probarla - ofreció Carlos.
- Gracias, a la misma hora...

La competencia fue muy reñida. Carlos llegó segundo, habiendo liderado por lejos las primeras vueltas. Después de felicitarlo y cuidar la moto mientras Carlos recibía el premio, Iván lo llevó a festejar con Fernando y Ernesto en el Roma en donde consolidaron la amistad y lo incorporaron al grupo. Iván siguió acompañándolo a prepararla y entrenar. Al terminar, se la prestaba para el disfrute dando vueltas por el barrio. El viernes anterior a la carrera, al terminar de poner el motor a punto en el garaje, Carlos lo invitó a someterla a piques y largas distancias, *¡dale al máximo!*

Envuelto en la gruesa casaca, el casco y los lentes de carrera de Carlos, Iván tomó la antigua Panamericana Sur para someterla a su máxima potencia sin caber de contento, ¡pura adrenalina! Acelerando más y más, escuchaba el fuerte tronar del escape y el choque del viento en la cara sin pensar en lo que dejaba atrás ni en lo que restaba adelante en suprema felicidad. Inesperadamente y sin que medie razón alguna, la máquina se desestabilizó, entró en cabriolas indetenibles y rodó. Iván salió despedido. No recuerda más.

El cuerpo inmóvil tirado al lado de la carretera parecía sin vida. Los vecinos que presenciaron la caída se acercaron a socorrerlo: *pobre joven..., no se mueve.* Los minutos transcurrían en medio del desaliento, *parece que está muerto....* Los vehículos vadeaban el cuerpo inerte agravando la pena de las gentes. Al salir del estado grogui ignorando lo que había sucedido ni dónde se encontraba, escuchó frases apagadas: *si pues, el pobre está muerto...* Iván recuerda que despertó en una caverna oscura con algunas rendijas de luz. Movió suavemente los brazos y las piernas y comenzó a levantarse. *¡No está muerto!* -gritaron y de inmediato le ayudaron a retirar los periódicos y cartones con que habían cubierto al posible muerto. *¿Estás bien joven?* -preguntaron a la vez. Los miró sin decir nada esperando recuperar la lucidez. Ya en sus cabales: *estoy bien, estoy bien* –repetía a pesar del cuerpo maltrecho. *Gracias por ayudarme, recójanme la moto por favor...* –pidió. *Qué suerte que no se ha roto nada...* -seguían los comentarios favorables. *Si pues, he tenido suerte, estoy bien...* Recuperado completamente, sin lesiones severas más allá de algunos moretones, montó en la moto, arrancó el motor y al momento de partir dedicó a todos una sonrisa franca: *gracias, gracias, no se preocupen, no ha sido nada, solo me estaba entrenando para morir...* -dijo en medio de la algarabía general.

Regresó temblando a enfrentar a Carlos que lo esperaba preocupado por la demora. Enterado de los pormenores lamentó lo sucedido. *¿En serio, estás bien? Sí, estoy bien...* Juntos revisaron la máquina y no encontraron problemas serios más allá de la rotura del mango de jebe del timón y raspaduras en el cromo del faro y en la pintura del tanque. Sin que Carlos pidiera mayor explicación, Iván se disculpó y Carlos se despidió guiñando el ojo y moviendo la mano en gesto tranquilizador: *¡nos vemos el viernes!* Iván contó la épica aventura a los amigos y los invitó a las siguientes carreras que culminaron en apoteósicos festejos en patota -amigas incluidas- cada vez que llegaba primero a la meta. El exitoso corredor de motos atrajo la atención de Cecilia, a quien Iván cortejó de adolescente, ahora convertida en guapa joven de formada figura que acababa de ingresar a la universidad. El enamoramiento asentó el acercamiento de Carlos a la cofradía, más aún, después de la espléndida humorada con exquisito *buffet* que la madre preparó en la mansión de San Isidro. ¡Buena Carlos!

III

Devaneos y fechorías

*"Lo más aburrido del mal,
es que a uno lo acostumbra".*
Jean Paul Sartre

Apuntar a cualquier dama colchonable y conquistarla sin morisquetas ni fingimientos, era para Iván ejercicio rutinario aprovechando las ansias abrasadoras e indisimuladas que las empujaba a conocer al joven guapo por fuera y por dentro. Aquel don clarividente junto al magnetismo y la fachada puritana que veían en él, se reforzó con lo que una fiel amiga modificó de una revista del corazón para -debidamente aleccionada- ofrecerse a difundir: *A diferencia del príncipe del cuento, a Iván le fascina recoger zapatitos de taco alto calculadamente olvidados sin necesidad de encantamientos.* Él lo tomaba a broma, pero bien que le encantaba escuchar. Las identificadas se acercaban al Dios pagano con mirada devoradora y mohines sensuales, dejando que el escote abierto -sigiloso imantador de pupilas inquietas- culmine la intención. Fingiéndose cazadas, con los diques hormonales desbordados, brindaban su cuerpo con ímpetu enardecido aun cuando sabían de antemano que jamás presumirían de señoras. Era ineludible que aquellos devaneos no despertaran en Iván una perpetua pulsión por desvestir. ¿Qué otro significado tendría la vida, si no?

Sin recurrir a elaboradas persuasiones, prestaba sus labios con naturalidad para que laman la golosina y, con el vuelto, de ingenuos escarceos y tiernos arrumacos pasaba a hurgar regiones inexploradas no fácilmente autorizadas, aunque finalmente logradas con paciencia. *Cada mañana tengo nueva chance...* -decía en casos fallidos. Hechizadas por su apabullante atractivo y fascinación, las más audaces se esforzaban por seducir al joven *sexy* ignorando -o enteradas tal vez- que ingresaban a la galería de amores flotantes de aventura sin esperanza, ya que Iván pensaba y actuaba como muchas personas que no son lo que parecen que son, vital razón para no subestimarlo. Era impresionante las artes que utilizaban para participar en los encuentros con el regio embaucador que las colmaba de frases excitantes, confirmando que las obsesiones insatisfechas son el verdadero motor que mueve la cama y las emociones primitivas. De esta manera, era inevitable que aquel ritual cariñoso no culminara con la de turno complacidamente asida a su espalda alistándose a gozar del paseo por nubes encantadas y algo más… *Nadie me podrá negar que en una Vespa no se puede hacer el amor.*

En aquel trajín rutinario de peinar zonas escondidas para el propósito, un hecho curioso amenizó los preámbulos. Contó a los amigos que, cierta noche, ubicaron con su pareja una calle de penumbra y silencio al lado del Parque Alfonso Ugarte de San Isidro detrás del Country Club. Estacionó la motoneta a distancia prudencial de un majestuoso Lincoln Continental de lunas oscuras con dos siluetas en el interior. Parado detrás del auto, con el pie en el parachoques en actitud expectante, el chofer. De súbito, el ajetreo pareció iluminarlo y comenzó a mover el auto con el pie, arriba y abajo acelerando más y más con ímpetu alucinante. Culminado el meneo, bajó el pie, acomodó el uniforme, subió al auto y desaparecieron. *¡Un genio! ¡Seguro que el muñeco se le empinó de repente y tuvo que aprovechar al paso!* -festejó Iván entusiasmado: *para mi vejez...*

****

Convencido de que el guiño y el besito tierno serían suficientes para evaporar los *affaires* ante el mundo, no consideró protegerse sin importarle los riesgos, convencido de que nada ocurriría o, en todo caso, *ya veré...* Y así continuaba blandiendo en alto su divisa, *todo a pelo...* sin amilanarse, sin considerar razones que entorpezcan sus planes. Agitado por el entusiasmo de la novedad, ofrecía instantes sublimes que muy pocas rechazaban al ser tratadas con refinamiento y ternura, sin imaginar que -más pronto que tarde- serían arrojadas sin miramientos a la pira eterna, de cuyos rescoldos nacería la siguiente, y la siguiente... Si pues, sus engaños harían temblar la tierra por su efectividad, de ahí que, sumidas en la excitación que les producía la sensualidad del amoroso joven, algunas suculentas aprovecharon para llevarlo a sus festines de pecados infinitos en donde lo disfrutaron codiciosamente, aunque sin poder atraparlo porque no se dejaba dominar. Indignadas, al no cumplirse sus deseos, se embarcaban en tempestades histéricas y enfrentamientos hegemónicos llenas de cólera, sin que a Iván le alcance en lo más mínimo. Sin tomar partido, dejaba que se arreglen a su manera por creerse muy listo, siendo un pedante insoportable. En el fondo, sonaba raro que no tuvieras en tu elenco alguna cuajada que te avasalle Iván. ¿Por qué las desdeñabas? ¿No eran tu obsesión permanente? ¿La limitación no te contradice? *No las quiero, son muy golosas...* ¿Ningún don de continencia Iván? ¡Qué va! Ya se sabe que, en tu mundo colmado de un erotismo inexpugnable, no te privas de dar rienda suelta al instinto. No obstante, piensa bien: captar y descartar doncellas sin que te abrumen los sentimientos que hieres es juego sucio, Iván… *¿Qué? ¡Qué coño están diciendo! Por supuesto que juego limpio, yo solo sigo lo que dicen: en arca abierta, el justo peca…* No seas estúpido. Te estás poniendo tenebroso con tus disculpas simplonas que irritan.

Un rasgo malévolo en sus relaciones afectivas es que jamás se le nubló el pensamiento: nada de convivencias, amores adhesivos, enlaces eternos ni atisbos de pertenencia, todo era relevo en el continuo ejercicio de beber néctares escondidos, *¡la dolce vita!* Cuando las madres se enteraron de aquellos devaneos sin futuro, además de las correrías *non sanctas* de las hijas, estuvieron a punto del soponcio. ¿En dónde radicaba el secreto que las hundía en tal desasosiego? Muy simple, aplicando la sabiduría sazonada en el campo de batalla de su tiempo que las obligaba a fijarse en las mejillas ardientes al regresar y en la acelerada maduración corporal -nalgas psicodélicas creciendo a paso firme- fruto de apetencias estupendamente atendidas.

Identificados los signos externos de los más que incesantes revolcones, fueron más allá. Sopesando los lamentos y frustraciones de ciertas vecinas mancilladas, acercaron la lógica a la decisión y conminaron a las hijas -con furia censora y no poca oposición- a distanciarse del joven de incalculables aristas amenazantes en vano intento de preservar imaginarias castidades. *Es un pícaro de siete suelas* -dijo una-, *ninguna quedará ilesa* –dijo otra, mostrando la misma aprehensión que capturó el avispado Bocaccio en su Decamerón siete siglos atrás:

- *Habla con confianza, que por cierto no lo diré nunca a nadie.*
- *He oído decir que todas las dulzuras del mundo son una broma en relación con la de unirse la mujer al hombre.*
- *¡Ay! ¿Qué es lo que dices? ¿No sabes que hemos prometido nuestra virginidad a Dios?*
- *¡Si se lo hemos prometido, que sea otra u otras quienes cumplan la promesa!*
- *Y si nos quedásemos grávidas, ¿qué va a pasar?*
- *Empiezas a pensar mal antes de que te llegue; si sucediere, entonces pensaremos: podrían hacerse mil cosas de manera que nunca se sepa, siempre que nosotras mismas no lo digamos...*

Iván era pues un auténtico incordio para las madres. En su descomunal resistencia al desprecio, asumió el veredicto de las madres decepcionado, pero no ofendido, por actuar bajo la óptica del desdén. Te aborrecían Iván y tú mismo apresuraste el desprecio, un desprecio de gran calado, dicho sea de paso, por presumir -con ínfulas idiotas- de tu desmesurada preferencia por jovencitas, además de cumplir obcecadamente la costumbre de usar y desechar después de haberlas esquilmado a tus anchas sin atormentarte. ¿Te regocija agraviar la dignidad de quienes conquistas, no Iván? ¡Contesta!
No contestaba.

****

¡Ivancitooo! escuchó con musicalizada sorna al atravesar cierto barrio arisco no lejos del suyo. Sabía de qué boca salía tan delicada voz y sin dar importancia siguió en su quehacer. Otro día, volvió a pasar por alto la palomillada y, tal vez por ello la mofa se repitió semanas después… y después. Al tomar visos de cronicidad, la gratuita bravata le molestó tanto que, en la última, volteó a mirarlo fijamente dirigiéndole las palabras menos dulces de su vocabulario sin emitirlas. *Gato* le llamaban, alto, de ojos claros felinos, jactancioso, pendenciero, peleador callejero de puños rápidos y mente alerta, se creía lo máximo. ¿Qué le has hecho que lo enervas tanto y no te suelta? *No lo sé, no se me ocurre -* respondía Iván a la insistencia. *¿Desagraviar alguna falda*

quejosa? ¿Fanfarronear para reforzar el dominio sobre su grupo? -se le ocurrió decir. Los amigos conjeturaron con no poca certeza: ¡por envidia Iván, desde que se enteró de que las amiguitas que disfrutas te llaman ¡el rey del polvo! Nadie está libre de envidiar, pero a Gato le hierve la sangre cada vez que escucha lo que desea para él, eso es todo Iván, no te ofusques. Por lo demás, Gato no podía competir con Iván por sencilla razón: cabalgando a su antojo, se había revestido de la inelegante fama al acoplarse con chicas de objetable reputación, guapas sin duda, pero ligeras de cascos, listas a encimarse con cualquiera que brinde diversión, paseo, discoteca, restaurante a cambio de tender cama. Las *marocas* de antaño, con su célebre representante: *la cara de hacha*, guapa y apetecida maroca portadora de *¡la mejor bisagra de Lima!* al decir de los engullidos anfitriones -nada de exclusividades- notables ejemplares de la jungla clasemediera de Lima. Aquellos flirteos estaban vedados para ti Iván, usualmente escaso de fondos.

La situación llegó al límite al llegar a sus oídos ciertos comentarios esparcidos por Gato cuestionando su hombría. Hondamente mortificado, no permitiría dudas en su alimento cotidiano, habiendo dado demasiadas pruebas de fuelle viril atestiguado por las habitúes de las noches sabaneras. Pensó no dar importancia al asunto, pero la rabia superó la templanza y decidió acabar con la afrenta: *me prepararé para sacarle la mugre, lo callaré para siempre...* Y así, con la ira a flor de piel, ingresó a la rutina de aporrear el saco de arena y levantar pesas en el gimnasio, volviendo a activar los músculos que ejercitó años atrás. *Pórtate como hombre Iván* -se repetía acicateado por la bronca. *Llámenme cuando lo*

vean, ojalá en un lugar público, él me buscó y ¡aquí estoy! -
dijo a los camaradas

Sábado al filo de medianoche. Gato cenaba en el Superba de San Isidro con tres compinches. *¡Gracias Señor!* Iván reunió a tres amigos por paridad y se dirigió al restaurante a cumplir el cometido en aparente tranquilidad, aunque tratándose de Gato la procesión se cebaba por dentro. Convencido de que la sequedad de la garganta y la desagradable tenaza del temor en el estómago desaparecerían al iniciar el lance, al llegar se paró en la vereda y se dejó ver. En cuanto Gato se acercó con aires de Robert de Niro: *¿You Talkin' To Me?* lo miró fijamente y le enrostró su almacenada indignación: *¡No toleraré más tus pendejadas!* al tiempo que encajaba un derechazo fulminante en plena nariz, portador de la enorme ira destilada durante meses.

Y el mundo se detuvo.

Camaradas, transeúntes, comensales, mozos, choferes detenidos en la Petit Thouars hicieron campo a los adversarios que armaron una *trompeadera* feroz sin que nadie osara intervenir, respetando la tácita norma callejera de dejar que los pleiteantes descarguen sus furias contenidas por razones que solo ellos conocen. Puños y puntapiés de alto calibre volaron sin tregua de ida y de venida en gresca superlativa rodeada de tensión y silencio, ¿era necesario alentar? Emparejados y casi agotados, en una décima de segundo en que las caras se acercaron Iván bajó la cabeza. El chorro de sangre incontenible de la nariz previamente lastimada obligó a Gato a volverse y dar la espalda: *¡basta, basta Iván… por ahora… ya me las pagarás!*

Cubriéndose con la servilleta que le alcanzaron, Gato regresó a la mesa lanzando procacidades incendiarias. Iván se sentó en el muro de la calle en silencio, asesando e inspirando profundo para calmar los músculos, los pulmones, los nervios, consciente de haber cumplido con creces la enojosa obligación de *aplastar al infame.* Respetando el instante, amagó una sonrisa indulgente y se negó al escarnio que alentaban los amigos. Pálido, sudoroso pero henchido de gloria, en ese momento recordó la ira que llevó el puño al partir a destino y sonrió de nuevo. Orgulloso de su excepcional faena, regresó al barrio abrazado de los camaradas por el centro de la pista para festejar el acontecimiento durante toda la noche, dando por seguro que el amenazante *por ahora* se convertiría en *por semanas, por meses,* hasta desaparecer en los escondrijos del olvido. *Si alguien los molesta me avisan* -exclamó el ungido paladín del barrio.

Días después, apareció un dolor en el abdomen -que atribuyó a algún golpe recibido- acompañado de malestar general, náuseas y fiebre, que apuró el ingreso a la clínica tomándose el abdomen. ¿Pírrico triunfo? Apendicitis aguda, diagnosticó el cirujano confirmado en los análisis: *Un golpe pudo ser el desencadenante como dices o solo una coincidencia, lo cierto es que hay que operarte.* Con el temor a no despertar, Iván se negó rotundo y pidió su alta. *Si ese apéndice se rompe el siguiente cuadro es peritonitis que puede ser mortal* —advirtió. El rostro severo de la madre le obligó a volver a la camilla de mala gana.

Bajo las luces cegadoras de la inmensa lámpara colgada del cielorraso de la Sala de Operaciones, Iván temblaba como cervatillo atrapado. La enfermera separó el brazo izquierdo del cuerpo y lo colocó sobre una tablilla para pasar el suero por la vena. En el brazo derecho, igualmente separado, colocó el tensiómetro. *¿Cómo estás joven?* Preguntó el cirujano al ingresar cubierto por entero, reconocible solo por las gafas. *¡Crucificado doctor, y si me pone usted una corona de espinas, comienzo a hacer milagros, vaya haciendo cola...!* Festejada la ocurrencia, Iván terminó de relajarse al sentir la mano de la anestesióloga -sentada a la cabecera- acariciándole la mejilla en señal de aprobación.

Regresó al mundo mirando el techo de una habitación solitaria y sombría. *¿Ya me operaron?* –preguntó con voz aletargada. *¡Sí! Estás en la Sala de Recuperación* –respondió una voz femenina fuera de la vista. *¡Menos mal! Unas viejas locas dijeron que me habían reservado un lugar en el infierno...* -dijo. *Qué habrías hecho...* –murmuró la enfermera entre dientes. En un par de semanas, Iván se había reintegrado a sus actividades habituales, contando a medio mundo la dureza de su cuerpo que le salvó de morir de peritonitis...

****

El desvarío y la fechoría -fuerzas regidoras de sus movimientos- le seguían produciendo auténtico delirio, sin que la vergüenza asome a la cara. Era fácil colegir que el rebelde de conducta inquietante y tendencia a traspasar las fronteras de la ecuanimidad y el buen juicio se enfrentara al mundo eludiendo los convencionalismos y el qué dirán. Con ínfulas de dictador casero -solo le faltaba tronar los dedos- actuaba como si una voz interior le forzara a organizar el mundo a su estilo y conveniencia por creerse predestinado a ganar siempre, sin detenerse a admirar los aspectos más hermosos de la vida. Es más, menospreciaba la dignidad de la soledad serena que controla los impulsos bravíos y destierra la desdicha. En contra de su intención, aquel comportamiento descubrió su verdadera intimidad: siempre audaz, siempre atrevido, pero con gran temor de enfrentarse a sí mismo.

El crónico desasosiego y la conflictividad mental utilizan la efervescencia para liquidar temores obsesivos y para liberar demonios embalsados que pulsan por salir... -comentó el psicólogo del barrio. Era cierto. Los amigos se sorprendían de verlo entrar de golpe en una mudez extraña, dando la impresión de querer camuflar la ansiedad, la rabia, la tristeza, la desesperación o los matices emocionales que le incordiaban, ocultando la cara con las manos como si deseara ahuyentar visiones insoportables de la consciencia inflamada. Al no dar más, soltaba risas inoportunas y destempladas que parecían traicionar el dolor que llevaba dentro. Ni sus más caros amigos llegaron a descorrer sus incógnitas, entusiasmos, dudas, desazones, hastíos, preocupaciones existenciales o arrepentimientos si los hubo, cumpliendo el deseo permanente de cobijar sus conflictos bajo un manto impenetrable.

Todos sabían que actuaba en demasía, sin atender la voz de la conciencia –muy tenue de seguro- que invocaba sosiego, moderación, ni las reconvenciones que le llovían. Actuaba como si pensara que el desmemoriado mundo olvidará todo lo que sea necesario olvidar. Sin arredrarse ante nadie, solo prestaba atención al dictado del morro y, como el morro solo consentía la fechoría, su figura quedaba constantemente magullada agravando su penosa reputación. En aquella desmesura, parecía que el destino no le intimidaba ¿sospecharía que le temía? sin que le inquiete estar parado al borde a merced de la siguiente ráfaga con que rodaría por el despeñadero, como si desdeñara la vida o retara a la muerte. En tal sentido, era incapaz de sincerarse consigo mismo y repasar la retahíla de inmundicias que alojaba con la franqueza y el coraje del ilustre Pessoa: *Y yo, tantas veces despreciable, tantas veces inmundo, tantas veces vil, yo, tantas veces irrefutablemente parásito, imperdonablemente sucio, me doy cuenta de que no tengo par en esto en todo el mundo* ... Vamos Iván, te toca, ya es tiempo que detengas el merengue desbocado en que se ha convertido tu vida, ¿lo harás?

Y así continuaba, culpando sus excesos a las fantasías y excentricidades que aparecían en su mente como una película que pasa y pasa cuadros a escoger, renuente a aceptar que era él quien tomaba siempre el más ruidoso, el más alborotado a fin de envanecerse a la hora de gastar el rato, sin importarle las huellas malsanas que dejaba a su rededor. Imposible de alejarse por sí mismo de aquel torbellino pernicioso, tuvo suerte de que Arianna, amiga y vecina, lo invitara a compartir la diversión de moda entre los jóvenes: patinar en grupo. Había visto esos patines de cuatro ruedas, pero no se atrevía a calzarlos para evitar la vergüenza de las inevitables y aparatosas caídas del aprendizaje. Días después, no deseando marginarse de la fenomenal diversión que solazaba a sus contemporáneos, pidió a Arianna que lo acompañara a comprarlos. Muy contenta, le enseñó a colocárselos y le dio las instrucciones para avanzar mirando al frente, no a la pista, que era el truco para evitar caerse. Entusiasmado pero verde todavía, sujetado a sus brazos, puso en juego su impecable coordinación y pudo seguir practicando por sí solo. ¡Vaya que le gustó y vaya que lo hizo muy bien! Al confirmar la destreza del novato después de semanas de diario entrenar, Arianna le presentó al círculo de amigos que patinaban en grupo en la pista de patinaje del Parque Salazar de Miraflores, núcleo de los mejores patinadores de Lima.

Iván quedó absorto al ver a hombres y mujeres en arrojadas piruetas y largos trencitos a velocidad de vértigo de un extremo a otro de la pista, lo que le despertó aún más el deseo de disfrutar. Su apostura y buena onda le facilitó incorporarse a la diversión demostrando agilidad y destreza para patinar como el mejor. Lleno de orgullo y vanidad, cierto sábado de patinaje de alto voltaje, tomado de las caderas de una hermosa joven en el trencito de larga cola, se le ocurrió jalarla a un lado para descansar y cortejarla. Esperó varias vueltas y, de súbito, la retiró de la fila. Ella se resistió y quienes venían atrás la atropellaron. *¡No puede ser! ¡Cómo se te ocurrió tamaña locura Iváaann?! ¡A esa velocidad se ha podido matar! ¿Cómo puedes divertirte de esa forma? ¡El que quiere soltarse se suelta sin jalar a* *nadie! ¡Eres una bestia Iván! Te odiarán para siempre después de que le cosan la cabeza...* -le gritó Arianna furiosa. Sin atender sus disculpas, el hielo feroz que le plantaron los arremolinados que ayudaban a detener la sangre, lo obligó a retirarse avergonzado y a bajar la cabeza ante el severo regaño de Arianna responsable de su ingreso. Purgado de la pista se desahogó: *A esta estúpida pista de porquería no regreso más... ¿Qué* dijiste? ¡Ah, encima candelejón! ¿Pensabas que el mundo converge en ti y que puedes disponer de tus exabruptos cuando te venga en gana? Pues estás muy equivocado. Ahora debes soportar el mote que te chantaron y que aborreces: Iván el temible…

Encandilado con los patines, no pensó dejar la diversión que, además de no empalagar, templaba los nervios. Se unió a un grupo de jóvenes que patinaban con singular maestría por las pistas, veredas y esplanadas de Lince. Cierto día de patinaje atrevido, se acercaron a curiosear una mansión acabada de construir en una esquina de Javier Prado aún sin habitar. Al atisbar por la ventana, se les iluminaron los ojos. Los tres saltaron el portón que daba al jardín interior, entraron por la cocina y alcanzaron el gran salón de reluciente piso de madera, *¡la mejor pista del mundo!*

- Buenas noches, señora.
- Soy el cabo Montoya de la comisaría de san Isidro.
- ¿Qué se le ofrece?
- Busco al joven Iván.
- Es mi hijo.
- Debe acercarse a la comisaría a aclarar una acusación.

- ¿De qué se trata?
- Es sobre los destrozos en una casa de la avenida Javier Prado.
- ¡¿Qué?! Mi hijo no hace destrozos, se han equivocado… pero lo llevaré.

En la comisaría lo acusaron de ser el líder de los vándalos que invadieron la propiedad privada y rayaron el piso de la sala. Iván negó todo arguyendo cándidamente: *patinamos por las calles, no entramos a las casas… ni si quiera tenemos llave…* Sin testigos que corroboren su participación -el vecino acusador no estuvo seguro de lo que vio desde su alejada ventana- los recursos de la ley fueron absolutamente insuficientes para probar el estropicio, por lo que la denuncia cayó en el olvido oficial, dejando campo a Iván para pavonearse de su perversa hazaña ante el auditorio de conocidos.

¿Vendría de molde averiado o solo eran sueños lo que lo llevaban a casi perder el juicio durante la emoción embargante de aquellas acciones? El éxito fulgurante -que algunos admiraban y la mayoría detestaba- lo mantenían con vida, ayudándole a bloquear el peregrinaje al fondo de sí mismo y enfrentar los traumas arrinconados. Durante mucho tiempo, la madre y los allegados rogaban que sus agujeros oscuros se iluminen con brillo eterno para que la paz y la calma se asienten para siempre. Al no calar en su consciencia, Iván continuaba enfrentando cualquier desafío con sus mejores arrestos y sin miedo, convencido de que el mismísimo miedo le corría, lo que no era cierto, ya que desde joven tuvo miedo a no ser como los demás. No te amilanes Iván, sigue viviendo la vida con miedo porque tener miedo no te hace menos digno ni menos hombre, además de ser bueno para que te morigeres. No olvides que el miedo es consustancial con la naturaleza humana, sin embargo, si no lo tienes, escucha a TS Elliot:

Ven a la sombra bajo esta roca roja
y te mostraré algo diferente
tanto de tu sombra por la mañana corriendo tras de ti
como de tu sombra alargándose hacia ti
Te mostraré el miedo en un puñado de polvo".

IV

La sombra del delito

> *"De ahora en adelante yo seré aquí*
> *la ley, ¡conozco bien las leyes*
> *porque las he violado todas!".*
> Roy Bean

El insomnio no fue el único padecimiento de Iván. Soportaba un estreñimiento pertinaz que le reventaba la cabeza al tercer o cuarto día -o más- de pujar y empujar con la cara abotagada sin resultado. Los doctores lo atribuyeron al alargamiento anormal del colon de nacimiento. Al responder preguntas indiscretas, afirmaba haber nacido con *dolicocolon* -como se conoce la condición que le diagnosticaron de niño- con lo que omitía ser *estreñido* que le ruborizaba. Más le dolía, no poder compartir lo que escuchaba responder a carcajadas al *pater familias* Giovanni cuando le reprochaban las comilonas de espaguetis y cuanta pasta devoraba: *mangia forte, caga forte e ríete de la morte...*

¡Iván! -llamó la mamá al ver que se alistaba a salir. *¡Hoy te toca la leche de magnesia!* y, sin más, le endilgó dos cucharadas del purgante acostumbrado. Como era de esperar, el efecto tardío le obligó a regresar con apuro al crepúsculo. No deseando faltar a una cita prometedora, dejó la motoneta en el sitio habitual de la vereda y subió a trancos con apuro, ajustando. Al rato, *¡¿Queeé?! ¡No puede ser!* -gritó al no encontrarla al bajar. *¡Me la han escondido!* No, no estaba escondida Iván. Cansado de buscar inútilmente por calles aledañas, en llanto secreto corrió a la comisaría a sentar la denuncia. Recién advertiste que la llave no estaba en tu bolsillo, ¡una desgracia, Iván! ¿En qué estarías pensando? *Todo por el puto purgante* -desfogó sin que los policías advirtieran a qué venía.

Atribulado, sin noticias de la motoneta, retomó las caminatas mañaneras entregado a lo que venga. Con el ánimo en penitencia, molesto consigo mismo y con los demás, al llegar al mercado a tomar un jugo, escuchó a un hombre añoso y humilde pidiendo disculpas a la verdulera mientras bajaba las canastas del caballo al que echaba la culpa de la tardanza: *un día de estos lo remato por tuerto y remolón...* Iván se acercó.

Al final de la tarde, un jinete en *blue jean*, chaleco raído y sombrero de paja, apareció montando un caballo blanco por las pistas de la urbanización. Se apeó frente a la bodega y lo amarró en el poste como entrando a una cantina, mismo John Wayne. *¿Qué le pasa a este tipo?* —se preguntaron los amigos. *No se asusten, soy yo...* -dijo, acercándose. *¡Mira, es*

Iván! -se sorprendieron. *Les voy a contar...* En seguida, narró la larga caminata por las chacras que aún quedaban de Santa Catalina hasta la casa del anciano entre gallinas, vacas y sembríos. Sin dinero para comprarlo como exigía el dueño, echó mano a sus mejores piruetas verbales para trabajarlo a la boquilla hasta convencerlo para que se lo alquile. Impaciente, al terminar las instrucciones sobre la alimentación y los cuidados que casi no atendió por las ganas de montar la nueva movilidad, partió al galope por las praderas de un imaginario oeste... Eres bueno palabreando Iván, ¿pero, qué demonios vas a hacer con el animal?

Avanzada la noche, cansado de montar, sin atreverse a retornarlo en la oscuridad de las chacras, imploró a los amigos: *ayúdenme a parquearlo* -así dijo- *junto a mi cuarto, no tengo adónde dejarlo, debo darle de comer...* El asunto tenía sus bemoles y ninguno se allanó al pedido por conocer la ubicación. *¡Subirlo a la azotea es imposible, Iván!* - respondieron asustados. *Si no me van a ayudar está bien, lo tendré en cuenta...* A un tercer piso no se le hubiera ocurrido a nadie, menos todavía llevarlo al cuarto; la última escalera tenía dos tramos: al primero se entraba de frente y, al segundo, doblando a la izquierda y ¡de algo más un metro de ancho! A punto de perder el dominio de sí mismo, la andanada de invocaciones y gestos suplicantes los convenció.

Armados de valor, jalando unos y empujando otros comenzó la ascensión. El tuerto respondió mejor de lo esperado en los dos primeros pisos. Al entrar en el tercero se sentó. *No es cojudo* –trajo el aire. Levantado de la panza, un correazo en el lomo lo obligó a pararse y entrar en la estrecha escalera hacia el cuarto resbalándose y volviéndose a parar, siempre jalado, siempre empujado. A poco de llegar, superó un amago de atraco impulsándose con las patas traseras para el salto final. Ni un rasguño, ni una lesión. Triunfante, Iván le acercó comida que devoró con gusto. Luego de piafar quedó satisfecho, confirmando -por enésima vez- que Iván tenía una forma mágica de convertir lo escandaloso en normal. ¿Normal?

El revuelo que el sonido de cascos y el grito de los afanosos causó en el edificio fue un bullicioso escándalo. *¡Empujen, empujen! ¡Paren, paren! ¡Me está apachurrando! ¡Esperen, esperen, un descanso por favor! ¡¿Para qué?! ¡El puta se cree betún... se cagó en mi zapato! ¡Ja, ja, ja sigan, sigan no más, no pasa nada!* La vecina del segundo abrió la puerta: *¡Qué manera de maltratar al animal por Dios!* Desde su puesto de jalador Iván rechazó: *¡Que se calle la vieja chismosa!* El mayor asombro llegó desde la calle cuando los transeúntes vieron asomar la cabeza del caballo por el muro de la azotea. *¿Qué hace ese animal en la azotea? ¿Cómo llegó hasta allí?* –repetían aprensivos e incrédulos. *Allí vive Iván, él es capaz,* dijo uno, *a ese tipo le patina el coco* –dijo otro, *nada detiene al loco ese* -otro más, *hay que tener huevos para hacerlo* -conjeturó un incondicional. *No hablen por hablar, suban y mírenlo, está intacto y comiendo a gusto...* La fechoría acabó sin que los amigos se allanaran a recoger las descargas del animal espantado mientras trepaba a un mundo desconocido. *Ya es demasiado* -respondieron al retirarse. El suceso se expandió cual mecha encendida reprobando la maldad, aunque no faltaron voces livianas: *¿No hay en nosotros una tendencia permanente, que* *enfrenta descaradamente al buen sentido, una tendencia a transgredir?* Al terminar la aventura, Iván aquilató en silencio el rigor de la subida y los justos improperios que le endilgaron. *¡Mañana mismo lo devuelvo! No creo que pueda volver a subirlo. Si no vienen temprano a ayudarme no podré bajarlo* –conminó. A pesar de haber compartido la responsabilidad de subirlo, ninguno se allanó al pedido. Nadie supo cómo se las arregló para devolverlo.

El inexplicable evento no le pareció repulsivo ni infame, demostrando que aquella vida desinhibida que rozaba cantos atroces, no le despertaba remordimiento ni le carcomía el alma si de gastar el rato y dejar huella a la posteridad se trataba. Era difícil entender por qué se obligaba a cumplir las torcidas tentaciones que hervían en su cabeza sin sopesar las consecuencias, como si los consejos de los demás fueran menudencias vagas e imprecisas que no merecían tomarse en cuenta. A una cabeza así, ¿se le podría pedir que ahorre los buenos propósitos para dar significado a su vida? El hermetismo que rodeó sus pensamientos lo protegió a fin de que nadie osara bucear en ellos.

****

Agobiado por falta de movilidad, echó el ojo al destartalado Ford-A de los años treinta arrumado en el "Taller de mecánica, planchado y pintura" de don Manuel. Apasionado por los autos y motores, le brillaban los ojos imaginándose al volante de aquel clásico restaurado. Armándose de valor, se acercó a presentar su arriesgada propuesta: *¿Qué le parece don Manuel si usted arregla el motor y yo el resto, lo usamos alternadamente durante un tiempo y después lo vendemos y nos dividimos la ganancia descontando lo gastado?* A don Manuel le caía simpático desde que lo visitaba para curiosear, amenizando el trabajo con sus ocurrencias. Años atrás, había adquirido la chatarra en un remate pensando trabajarlo con tiempo y dinero. Al no contar con ninguno, perdió el interés y simplemente lo arrinconó. No tardó -pues- en aceptar el trato.

Fresca la ilusión, el aventurero intrépido repasó lo que le correspondía y se lanzó a trabajar con seriedad, comenzando por llegar al taller a primera hora de la mañana. ¡No más amanecidas! Almorzaba con los mecánicos para seguir trabajando con la disposición y el ánimo de quien se pasea sin dedicarse a nada. Don Manuel cumplía con trabajar el motor en escasas horas libres, mientras Iván pagaba puntualmente al planchador y compraba autopartes con dinero de la contenta madre, y después, con la ayuda de amigos aficionados a los *fierros* que ponían las manos y algo de dinero en préstamo. La reconstrucción caminó sin dificultad por un tiempo sin imaginar que, de ir viento en popa, la falencia económica obligaría a despedir al planchador y a detener el avance. Aquel mismo día, Iván también se despidió a sí mismo, simplemente, desapareció del taller.

Gustavo, Ernesto y Fernando no encontraron a Iván que solía esperarlos en el Roma a la hora de costumbre. Al rato, lo vieron bajar de un auto acompañado de un adulto de mediana edad de piel cobriza, pelos revueltos, regordete, bien vestido. *Les presento a mi amigo Dagoberto* –dijo Iván al sentarlo a la mesa. Lo había conocido en una fiesta en el Callao. *¿En el Callao?* -arquearon las cejas. *¿Qué hacías en el Callao, Iván?* En el calor de la fiesta de una amiga chalaca, le presentaron a Dagoberto -jefe de una cuadrilla de estibadores del puerto- interesado en conversar con el joven desconocido que acababa de llegar. En el transcurrir de las horas, Iván ya estaba adecuadamente informado de las labores de estiba: *retirar la carga de los compartimientos del buque, descargarla y acomodarla en el transporte, en turnos diurnos y nocturnos incluyendo fines de semana y feriados, bien remunerado, eso sí.* Al finalizar la reunión, el solterón Dagoberto le invitó a su casa a continuar charlando. *Como en la mayoría de los puertos, la estiba se trasmite de padres a hijos, o a familiares o amigos cercanos con algunas excepciones; no es fácil ingresar y, en tu caso, la piel te vende… si te interesa, te llevo a que observes el trabajo y, si aún te gusta, cuando se libere una plaza te puedo incorporar, pero primero debes conocer a la gente del sindicato, y de eso me encargo yo* - prometió Dagoberto. En retribución, Iván lo invitó a conocer su barrio -en las antípodas del suyo- y a sus amigos. ¿Qué hacías en el Callao Iván? Tus amigos no son ingenuos…

Minutos después de la presentación, la mesa se cubrió de pastas -especialidad de la casa- y de una botella de vino. *¡Salud! por conocerlos y por su barrio* –dijo Dagoberto con voz aflautada que no casaba con el porte. Amagando una sonrisa, dejó libre la conversación al grupo dedicándose a escuchar y escanciar. Al rato, evidenciando incomodidad, apuro la cena, pagó la cuenta y ambos se esfumaron con la presteza que arribaron. Los que quedaron se distendieron en cuanto Iván desapareció con el gordo seboso. No les cayó bien.

¡Aquí de nuevo don Manuel… ahora sí, no paro hasta el final! Anunció Iván exultante al cruzar el portón reapareciendo al cabo de varias semanas. Con renovado ímpetu, compró los materiales más urgentes, retiró los asientos del tapicero cancelando el cincuenta por ciento que restaba y llamó a otro planchador para apurar el trabajo y terminar con lo postergado. Trabajó con ahínco, es cierto, pero con la espada de Damocles sobre la cabeza viendo esfumarse aceleradamente el dinero. *No tengo de dónde sacar más, esto me está matando don Manuel…* La imposibilidad de acelerar el trabajo en el motor agravó aún más el precario avance. Sin poder mantener al planchador ni comprar repuestos, el trabajo se volvió a detener llevándose de encuentro definitivamente el soberbio proyecto. En larga conversación evaluaron lo invertido y progresado. Iván recibió cierta cantidad de dinero y, sin quejarse, tiró al traste los aires de grandeza.

****

Nadie supo de sus andanzas durante meses. Ni el más pesimista imaginó volver a saber de su vida en tan delicadas circunstancias que mellaron aún más su exigua reputación.

- Buenas noches, señor –dijo el policía en cuanto Pepe abrió la puerta de su casa.
- Buenas noches, ¿qué desea?
- Deseo hablar con el señor José Verano.
- Sí, soy yo.
- Soy el suboficial Leonardo Montes y vengo de parte del comisario para hacer una averiguación.
- Diga usted.
- ¿Conoce al joven que está sentado en el patrullero?
- Déjeme ver… por su puesto, es Iván, mi vecino, mi amigo.
- Él dice que hace días le vendió a Ud. un tocadiscos.
- Claro.
- ¿Me lo podría enseñar?
- Está aquí en la sala, ¿lo ve?
- Tengo que decomisarlo y usted me acompaña por comprar mercancía robada.
- ¡¿Qué?! ¿Robada? –mirándolo con cara desfigurada.
- Sí señor, ¿por qué se lo compró?
- Me dijo que necesitaba dinero para unas medicinas, se lo compré para ayudarlo.
- Eso es lo que él dijo; preséntese mañana a la comisaría para aclarar su situación… firme la citación por favor.
- ¿Está seguro de que él lo robó?
- Sí señor, la agraviada lo ha identificado.
- No lo puedo creer, ¡no lo puedo creer!
- Buenas noches, señor.
- Buenas noches, iré mañana

Estupefacto, Pepe, el mayor del grupo, convocó al resto con apuro para contarles el engorroso episodio y pedirles que lo acompañen a la comisaría al día siguiente. Casado tempranamente con la hija de una familia pudiente, no pensaba contarle a su esposa embarazada la insólita conducta de Iván cuya amistad de años se acababa de resquebrajar abruptamente.

¡Pepe, escucha la radio! –gritó la esposa asombrada desde la cocina. *Dicen que han capturado a dos jóvenes-bien que ingresaban a las casas de Miraflores a robar y uno de ellos es Iván, ¡no puede ser!*

- ¡Sí puede ser! Sabes que le compré el tocadiscos de la sala. No te conté, pero anoche vino un policía para decirme que era robado y se lo llevó. Me iban a acusar de reducidor. Hoy he ido a la comisaría a aclarar el caso acompañado de Fernando y Gustavo para que te avisen si me detenían. No lo hicieron porque me creyeron y él confirmó lo que dije. Esta trampa no se lo perdonaré jamás y así le dije al pasar junto a él, *¡bórrame de tu mente!* Antes de salir pedí al comisario que habiendo sido mi amigo por años quería conocer su situación.
- Es complicada porque hay otros robos que se están esclareciendo, no sabemos si ellos participaron, ya veremos.
- ¿Y cómo robaba?
- Eran dos. Operaban en Miraflores. Abrían la puerta con una pata de cabra. Uno entraba sin hacer ruido y le pasaba al otro los aparatos. Nos llamó la atención porque parecen de buenas familias.

- Eso es cierto, señor.
- Qué pronto se acaba la decencia…

En sus correrías, el tierno seductor había devenido en despreciable monrero, el nivel más bajo de la rufianería. *Así se comienza para después escalar a crímenes mayores -* había dicho el comisario. Gran sorpresa causó al verlo reaparecer como si nada hubiera pasado. Haciendo acopio de dureza, los amigos le enrostraron: *Qué terrible vileza has cometido con nuestro amigo; ya sabemos que te llega la desgracia de los demás, pero utilizar al amigo para fines perversos es una infamia imperdonable Iván...* Pensaban que, aun cuando alejado del barrio, seguía respetando la amistad verdadera que intercambia virtudes y simpatías para toda la vida. No había sido así. La amistad para él parecía haber sido un sorbo interesado que manejaba a conveniencia despreciando el cariño y la confianza que le depararon los amigos de toda la vida. Eso dolió mucho, porque siendo de por sí dolorosa la caída de camaradas, este caso era desgarrador por haber sido su vida tan semejante a la de ellos en el fondo y tan diferente ahora en que toda moralidad le parecía abolida. ¿Como así te nos escapaste? Iván desapareció nuevamente del barrio por largo tiempo.

****

Nadie lo veía y ya nadie preguntaba por él. Meses después, reapareció como un duende vestido de *sport elegant,* con reloj de oro y cadena con más oro colgada al cuello manejando un Mercury Park Lane. *¡Hola muchachos, suban que tengo que recoger a alguien y devolver el auto!* La insólita aparición confundió a Gustavo y Fernando que no supieron responder recordando el maltrato al amigo tiempo atrás. *Quiero aclarar el asunto de Pepe* -dijo aparentemente arrepentido. Había -entonces- que escuchar. Tomaron el camino hasta el Superba, teatro de la épica contienda con Gato. *Tío, te traigo a mis amigos de toda la vida, sírvenos el mejor bisté a lo pobre que preparas…* Acomodados ya en una mesa se arrancó:

> *Deben saber que todo fue un malentendido; el tocadiscos era de una persona que lo prestó para una fiesta y no se lo devolvían; le pidió ayuda a mi amigo y nos metimos a la casa a recuperarlo; él saltó la reja, abrió la puerta y me lo pasó para dejarlo en el auto; cuando saltó de regreso para la fuga, se enganchó y se hizo una herida en el muslo que sangraba tanto que nos obligó a parar en una clínica en donde lo cosieron; sin dinero para cancelar, tuve que vender el tocadiscos a Pepe… eso le dije, no lo engañé, sin embargo, la dueña -que nos conocía- nos acusó de robo por represalia, lo cual era falso. Al poco tiempo, nos entendieron, pedimos disculpas y la víctima retiró la denuncia, eso fue todo… es una lástima que no esté Pepe para disculparme.* Fernando lo encaró: *¡no sigas Iván, porque no te creemos nada! Acepta que has robado, y peor, que involucraste a Pepe, traicionando la confianza de nuestro amigo.* Iván continuó con excusas tratando de convencer. Al intentar cambiar de tema, Fernando lo

detuvo: *mañana mismo vas a la casa de Pepe a pedirle disculpas y devolverle el dinero después de contarle lo que acabas de decirnos, si él te cree nosotros también.* Iván bajó la cara: *iré a verlo mañana mismo a pedirle disculpas…*

En el fondo, los amigos abrigaban la esperanza de que lo que contó fuese verdad. Gran desilusión al enterarse de que toda la cháchara que les arrojó había sido una vil mentira. Un conocido que se acercaba al barrio de vez en cuando contó que, para suerte de ambos, por esos días la policía del distrito estaba investigando diversos robos en banda a casas particulares y no tenían pistas, lo que mantenía inquieto al comisario. Se le ocurrió interrogarlos para obtener algún dato a cambio de un posible beneficio. Efectivamente, conocían las cuitas de aquella banda. Entre pasar a la cárcel y acusar, se allanaron a contar lo que sabían a cambio de su libertad. Habiéndose confirmado que era la primera vez y que no tenían antecedentes, previa corroboración de que lo que aportaran contribuyese eficazmente a capturar la banda el comisario aceptó el trato. Meses antes, el amigo le había contado a Iván que conocía a un grupo que se dedicaba a la monra con bastante éxito puesto que la policía no los encontraba. Eso les abrió los ojos para dedicarse ellos también a lo mismo. Contaron al comisario que el líder era un tal "Foncho" alto, flaco, trigueño que solía merodear con sus juntas por los alrededores del cine Balta. Fueron tan específicos los datos, que en 48 horas la policía detuvo al tal "Foncho" y sus secuaces, encontrando en sus casas gran parte de lo sustraído. A la semana siguiente, Iván y el amigo estaban en la calle, limpios de polvo y paja.

*****

¡Suban que estoy apurado! -dijo Iván al encontrarlos días después. *No he tenido tiempo de hablar con Pepe, pero mañana iré a verlo sin falta* -se excusó. En el mismo auto, los llevó a dar vueltas por Miraflores, Barranco, el Centro de Lima, la Plaza San Martín, la Plaza de Armas, mirando disimuladamente el reloj a cada tanto mientras contaba aventuras insulsas que no sabían si serían verdad. Cuando empezaron a incomodarse, salió de la ruta para detenerse en el cruce de La Colmena y Tacna frente al restaurante Mario. Apareció una sombra con gorra y bufanda que puso en su mano un envoltorio. *Debo dejar esto* -dijo y arrancó con estruendo de vuelta a Miraflores por la Arequipa hasta la puerta de un conocido hotel elegante. Nuevamente en silencio, alguien salió a recogerlo. Iván entregó y recibió sin decir palabra. *¿Qué es?* –hubiera sido una pregunta estúpida. ¿Aclarar? ¿Hay algo que aclarar? ¡Las escenas hablaban por él! Sin embargo, no había total seguridad de que aquel paquetito contuviera droga, aunque la sospecha era más que fundada por ser secreto a voces en círculos sociales, que aquella esquina era el punto crítico para quien quiera agenciarse algo para el cerebro.

Terminado el periplo, regresó a dejarlos sin afectación y sin importarle las conjeturas que se vislumbraban. Los amigos bajaron del auto seriamente confundidos y fastidiados. ¿Consumidor? ¿Vivir en el vicio sin enviciarse? Lo que les indignaba era mucho más que eso: ¿con qué intención los involucró en asuntos delincuenciales? *Es muy grave lo que has hecho Iván. ¡Desprecias a tus amigos! ¿No tienes nada que explicar?* No, no tenía…

La noticia alcanzó a todos con la fuerza de una ola gigante que al reventar en sus cabezas los obligó a aceptar -por fin- lo que resistían: el querido amigo de felices años adolescentes hacía rato que era carne de penal. Baste decir que nunca se acercó a Pepe. *Los hechos son muy graves -* concordaron. Hondamente mortificados, sin poder hacer nada por él ni ser capaces de odiarlo, decidieron clausurarle las puertas del barrio y de la amistad. ¿Para siempre?

V

Lujuria

> *"Apartad a las prostitutas de la vida humana*
> *y llenarás el mundo de lujuria"*
> San Agustín

¡Inmanejable! Se quejó la mamá en cuanto el padre llegó a casa. Enterado de la vorágine de descarríos que conducían al hijo a suelos de perdición, el papá contactó al compadre, hombre mayor, viudo, con hijos dispersos que residía en New York. *Envíamelo que yo pongo a mi ahijado en vereda* –respondió convencido. *No será fácil encontrarle trabajo por no tener visa para laborar y por el idioma, pero lo superaremos* –abundó gentilmente. Acostumbrado a la vida limeña de amistades, juergas y damiselas, Iván se resistió a cambiar de vida hasta agotar sus posibilidades. *A la primera de bastos me regreso* -musitó en su desgracia al subir al avión.

Alojado en el departamento de Manhattan, el padrino se esmeró en integrarlo al mundo nuevo. Solitario, sin amigos ni conocencias, Iván discurría en exponencial desasosiego sin esconder los gestos de desagrado, a pesar de los esfuerzos del padrino por distraerlo recorriendo lugares turísticos que medio mundo ansía conocer.

Después de mucho buscar, logró colocarlo en un hotel cercano como empleado temporal. Atrapado, a Iván no le quedó más remedio que adaptarse al trabajo de recoger la ropa de cama y otras prendas usadas que las empleadas acumulaban de las habitaciones de los pisos que le asignaron para bajarlas a la lavandería del sótano y regresar con mudas limpias. A pesar de trabajar en un hotel de cierta categoría, no dejaba de sentirse un empleado doméstico: *¡No lo puedo creer, soy el chupe del hotel!* -se autocalificó.

¿Dices que empujar el coche te tiene podrido? Pues acostúmbrate, no tienes alternativa, cumple *con el periplo cotidiano y quédate callado* -insistía el padrino. Trabajaba descontento, salvo por la paga de los sábados que iba directo a sus bolsillos al no tener mayores gastos.

- Aquí no hay decencias que valgan, aquí se trabaja en lo que hay, ¿ok?
- Está bien padrino, pero el sótano maloliente…
- Trabaja lo mejor que puedas por ahora, ya veremos después; si no has destacado en nada, ¿de qué te quejas? Mientras tanto, dedícate a aprender el idioma. no hables español.
- Pero si todos hablan español…

El buen carácter y su calidez en el trato le fue granjeando simpatías que hicieron llevadero el mentado suplicio del hotel. Esperaba con ansias la hora del almuerzo en el comedor de empleados para compartir los mismos agobios de sus pares de otros pisos. Cierto día de correría subterránea, se detuvo a conversar con un empleado de su rango a quien no había tratado, un portorriqueño cansado como él de empujar el coche repleto.

- Eres nuevo, ¿de dónde eres?
- Hace poco he llegado, soy peruano, me llamo Iván, ¿y tú?
- Ramón, de Puerto Rico, ya estoy aquí varios meses.
- Tal vez me puedas orientar, ya conoces esto, este trabajo no me gusta…
- A mí tampoco, pero no es fácil conseguir trabajo porque no hablas inglés, yo ya me defiendo y creo que pronto conseguiré algo mejor. Cuando llegué, trabajé en una pizzería en donde preparaba la salsa de tomate en grandes ollas y limpiaba la cocina de 3 de la tarde a 11 de la noche; allí ahorré, pero no me dejaba tiempo para lo que yo quería hacer para ganar más…
- ¿Tienes auto?
- Sí, ya viejito, pero sin auto no eres nadie aquí.
- Si consigues algo mejor me avisas, por favor… -pidió Iván.
- Ok.

Suerte la de Iván. Al culminar la semana ya tenía un amigo buena gente y soltero como él. Ramón lo llevó al barrio portorriqueño en donde hablaban inglés con la misma fluidez que español; *ellos han nacido aquí* –aclaró. En el curso de algunas semanas entre boricuas, Iván ya mordía palabras y frases en inglés como si sus oídos se hubiesen abierto de tirón. Sin darse cuenta, se estaba adaptando a la vida yanqui a trancas y barrancas.

En una pascana del encuentro diario, Ramón lo llevó al *lobby* para presentarle a Ronald, nacido en Brooklyn, casado con peruana y *manager* de un local de comida al paso con quien pronto simpatizó. Por consejo de Ramón, Iván aprovechó para mencionarle su interés en obtener documentos americanos.

- Te puedo ayudar, como ayudé a Ramón, pero debes esperar –ofreció Ronald- debo contactar a alguien y si acepta tenemos que ir a Yonkers a una hora de aquí con 200 *bucks* en la mano ¿ok?
- Tengo pasaporte.
- Ya no sirve, se venció tu estadía de turista, ya eres ilegal.
- ¿No es arriesgado? Parece complicado Ronald...
- No te preocupes, todos los ilegales que han llegado al barrio han hecho lo mismo.
- Ok, gracias, Ronald, avísame cuándo iremos.

Al regresar de Yonkers, ya podía obtener la *licencia de conducir* que servía para todo, bastaba que señale una dirección de residencia en NY. El día señalado, Ramón lo llevó a dar el examen. Después de contestar las preguntas de la cartilla en español que le acercaron, le asignaron un policía latino. Le ordenó mover las manos, los brazos, las piernas, agacharse, así como leer las letras de la cartilla en la pared a 6 metros. Ya en el auto, cómodamente sentados, Iván abrió la ventana, y acomodó el retrovisor. *Arranque…, siga de frente…, doble a la izquierda…, a la derecha…, pare…, retroceda…* Manejó tan natural que el examinador le preguntó: *¿ha sido usted taxista? No, señor. Ok, regresemos.*

Al padrino no le gustaron para nada las malas artes ni las juntas. No hubo regaño, pero tomó nota. Otro día, ocurrió lo que temía: *¿Me podrías prestar el auto padrino?* En ese momento estalló: *no me gusta lo que has hecho, si te descubren irás a la cárcel; no te hagas el listo porque me comprometes, yo soy responsable de tu vida aquí y no quiero líos…,* seguido de otros reproches. El mismo Iván de siempre, insolente, pagado de su suerte, recogió sus cosas y sin decir palabra se fue a vivir con Ramón como habían convenido.

Ramón y Ronald le prestaban el auto de vez en cuando por unas horas. Un jueves que salía de la ciudad con su familia, Ronald le dejó el auto de la esposa. Iván no fue a trabajar aduciendo malestar y con el mapa comprado en un grifo se lanzó a recorrer la ciudad con una amiga. Al regresar por la noche luego de dejarla, no encontró sitio para estacionar. Varias cuadras más allá, divisó un espacio vacío entre una hilera de autos. Parqueó y se fue a dormir. A la mañana siguiente, le llamó la atención que su auto fuera el único estacionado en la avenida. Mucho más se sorprendió al retirar tres papeletas del parabrisas que insinuaban que algo malo sucedía. Debía presentarse en diez días a la hora indicada en la *Traffic Court. ¡Ronald me va a matar!* -se dijo, imaginando las multas que le caerían por alguna infracción desconocida. Dejando el auto en una cochera, corrió a presentarse a la dirección anotada. Explicó su situación al traductor que le señalaron enfatizando que el auto era prestado y que quería devolverlo sin ningún problema. No podía -pues- esperar diez días, *¡help me please!* El juez de tránsito aceptó y lo incluyó en la lista de los citados del día a las 11 am.

A la hora exacta, los asistentes recibieron de pie a un moreno de casi dos metros por otros tantos de circunferencia abdominal que presidia la audiencia. En cuanto abrió la sesión, amonestó con severidad a la docena de infractores basado en el informe de los policías presentes que enseñó con el brazo en alto: *espero que me convenzan sus razones y no manchen su historial...* En seguida, tomó la lista para preguntar a uno por uno: *¿Guilty or not guilty?* Ni uno se declaró culpable, todos respondieron en alta voz *¡not guilty!* Al final, mencionó a Iván escrito a lápiz: *¡Aquí hay alguien más! Ah, usted es el que ha pedido asistir fuera de cita. ¡Yes, Sir!* –respondió el intérprete. *¡Ok! ¿Guilty or not guilty? ¡I don't know!* respondió Iván en alta voz. La gran hilaridad que despertó aquel *¡no sé!* fue acallada de inmediato por el juez: *¡Order! ¡Order!*

Continuó con su labor imponiendo multas a unos y perdonando a otros. Al terminar, se dirigió a Iván. *Como hoy no está presente el oficial que le impuso las tres papeletas: a las 7:15, a las 7:30 y a las 7:50 Am.* -un barullo se escuchó en la sala- *estorbando la circulación de vehículos en rush hour; explique sus razones porque está en grave problema.*

Enterado por Iván, el traductor dio detalles de lo sucedido con el infractor de pie. El juez retomó la palabra:

- Ok, desde cuándo vive en NY.
- Desde hace tres meses.
- ¿De dónde viene?
- De Perú.
- Desde cuándo maneja en Manhattan.
- Desde hace unos días.
- ¿Tiene licencia de conducir?
- Sí.
- Pues bien, aprovecharé para hacer una precisión. ¡Escuchen todos! Deben saber que en Manhattan no hay una sola cuadra, ¡una! en la que se pueda parquear las 24 horas seguidas. Nadie puede parquear entre 7 y 9 am ni entre 4 y 6 pm. ¿Ok?
- Yes Sir –en coro.
- A usted –dirigiéndose a Iván- por ser nuevo en la ciudad y no tener antecedentes, le perdonaré la multa, pero no los impuestos. Afuera le dirán lo que debe pagar, recoja su licencia.
- *Thank you so much Sir.*

Pagó cinco dólares por cada una. Superado el inconveniente devolvió el auto a Ronald que se moría de risa: *me olvidé de decirte el lugar para estacionar, te ahorraste 60 por cada una y si te hubieras demorado más, la grúa se lo hubiera llevado al depósito: 70 bucks para recogerlo más la multa. Tuviste suerte que te tocara un juez comprensivo y amable.*

A menos de un año de estancia en NY, el padrino amenazó a Iván con acudir a la policía y acusarlo de ilegal si no regresaba a Lima. Decepcionado por las cuitas del ahijado, informó al compadre en Lima que ya no vivía con él por propia iniciativa, además de lo que había hecho y de sus juntas. Se había enterado de que Ramón, el amigo portorriqueño con quien vivía, había sido arrestado sospechoso de proxenetismo masculino.

Amigo y confidente de Ramón, Iván tenía que conocer esas actividades del submundo neoyorkino en las que pronto se vería envuelto, si es que ya no estaba… *¡Nada bueno saldrá de esto y yo estoy comprometido al haberlo alojado!* –se quejó al compadre al calibrar la envergadura de los excesos que le molestaban sobremanera. Muchas noches le había tomado calibrar la decisión. Amenazado de profundizar en sus andanzas, Iván se allanó a subir al avión de regreso a seguir tropezando…

> *Mi Ángel no el de la Guarda.*
> *Mi ángel es de Hartazgo y Retaso,*
> *que me lleva sin término,*
> *tropezando, siempre tropezando*
> *en esta sombre deslumbrante*
> *que es la Vida, y su engaño, y su encanto.*

Martín Adán

****

Enteradas del regreso del matador exquisito, dóciles damiselas de pasados desenfrenos reiniciaron el asedio haciéndose las encontradizas o descaradamente, deseosas de liberar todo el caudal de su sensualidad. *Cuanto más locas, más las amo…* -alardeaba Iván. Dejándose atrapar, el guapo y animoso joven a retinas múltiples las halagaba con susurros finos y sugerentes que vencían el temor. Cuando no encontraba disponibles, a poco de tender sus redes, se sorprendía de sus capturas: sirenas frescas que rindiéndose con docilidad le perdonaban sin sonrojo el alto octanaje de sus picardías a cambio del esmero que perseguían. En aquel juego ilimitado, agradecía con el corazón ensanchado la sujeción de quienes tan gratamente amenizaban su existencia: la prima, la vecina, la coqueta, la morena, la rubia y quien quiera conocer las bondades de la azotea, *mujeres de todas las sangres.* Las persuadía hipócritamente con sofisticados artilugios verbales que ellas correspondían complacidas al ritmo del deslizamiento. ¿Supondría que la hipocresía era un pecado de moda y como tal devenía en virtud? Sin preocuparse por ello, se sumergía en sus bosques para luego, a campo traviesa, escuchar el goce infinito de sus complacidos estertores. En aquel delicioso trajín, cursaba sus días admirado y deseado, pasando de granuja a cotizado galán poliamoroso.

Era en el fondo un buen partido y no necesitaba demostrarlo. No obstante ¿a ninguna atemorizaba su comportamiento maniqueo? ¿El trofeo a cualquier precio? Provocaría desconfianza seguramente, pero lo que rendía superaba cualquier duda. Al conducirlas al mundo que apetecían, dueño y señor de sus dominios, les esquilmaba los sentimientos sin reparar en las cicatrices que dejaba. Es cierto también que, cuanto más trataba de alejarse, no faltaban las audaces empecinadas en perseguirlo ignorando que lo perpetuo no era lo suyo, que el fervor de sus pasiones tan pronto nacía como se evaporaba dando lugar a que la corona de laurel que le imponían en noche de ensueño la destrozaran a la noche siguiente colmadas de abismal resentimiento. Y así avanzaba, equilibrándose en la frágil cornisa de los sentimientos: amado con ternura inicial, odiado con furia terminal, artilugio anticipado de su juego pasional.

Convencido de que la fama debía perpetuarse, no se privó de complacerlas aun sin apetito, alabando sus gracias como la mejor y dejando que se premien recorriendo su cuerpo y sus partes, *tan hermosos al tacto...* De ahí en adelante, los designios se separaban. Al contento que les hacía florecer el rostro y sentirse vivas, seguía la indiferencia de Iván al no sentirse confundido ni avasallado por el amor. En aquel ritual tornadizo, pasaba de ingenuo adulador a amante desleal sin escalas ni contemplaciones, como si fueran instrumento para usar y luego un lastre del que había que desprenderse. ¿No te interesa saber que, en ese jugo, el dolor del desprecio daña sentimientos y deja heridas en el corazón, a veces imborrables? ¿No lo sabes? Si no te importa el alma de la mujer, ¿te importaría el alma humana? Ausente la bondad de espíritu, como abusivo sin escrúpulos se llevaba la palma.

¡No tienes bandera Iván! -le dijeron los amigos cuando contó que algunas madres -con quienes se mostraba cálidamente servicial- aspiraban la misma clandestinidad de las hijas. *Ambas cayeron,* soltó con impudicia sin soltar nombres, aunque sobraban sospechas de cierta *donna mobile*

rondando la menopausia que salía a pasear con aires de diva, erguida y sacando pecho en el lánguido atardecer de los veranos. ¿Propinas? Nadie sabe. Aclaró, sin embargo, que eran ellas la que lo buscaban, cediendo con cierto miedo por saber que los secretos de tal magnitud no siempre quedan a buen recaudo. No deseaba la experiencia de un conocido en similar circunstancia que recibió una nota: *si te veo con mi mujer te mato.* El problema es que, en su cólera, había botado la nota con la firma.

Sus acciones confirmaban que la insaciable satisfacción carnal no solo era su principal conexión al exterior sino la savia de su vida, el talismán que con su poder mágico mantenía frescos sus impulsos libidinosos, de ahí que la abstinencia interfería con su bienestar. Iván cumplía -pues- con furor, el mandato interior que lo forzaba a saciar esa gula lasciva colmada de fantasías atrevidas, ricas, voraces para los sentidos y el espíritu que no fenecía al satisfacerse. Aquel placer desaforado, emulaba el de ilustres gozadores mundiales, el gran Ingmar Bergman a la cabeza, fogoso representante de la arrechura emblemática e insigne braguetero, insaciable con sus cinco esposas y las incontables parejas que aplacaron su impulso carnal, placer que convirtió en ansiolítico favorito, tal como describió sin artificios: *"Estaba dominado por una sexualidad que me obligaba a acciones compulsivas, torturado constantemente por el deseo, el miedo, la angustia y la mala conciencia. [...] La tensión solo me abandonaba en los cortos instantes de la borrachera o el orgasmo".*

VI

Las pugnas del amor

*"No ser amado es una simple desventura,
la verdadera desgracia es no saber amar"*
Albert Camus

Sábado por la mañana, cielo despejado, luz brillante, calor moderado. Parado en el poste de siempre, posó la mirada en la dama que salía del mercado con vestido floreado que contorneaba cada curva y hondonada de su cuerpo. Alta, con aspecto de hada buena, ojos radiantes e intenso pelo negro que caía sobre los hombros, de sus pechos frondosos brotarían todas las estrellas de la Vía Láctea. Un regalo divino, una obra del destino generoso que motivó al notable sabueso a actuar sin dilación y ofrecerse a llevarle la canasta. Confirmando que los enigmas le despertaban un reto irresistible, sus palabras y gestos apreciativos cumplieron lo que el pálpito exigía: conocer la morada de aquella diosa de porte y voz conmovedores. Ella lo miró con ojos dulces, como si despertara de un sueño. Henchido de asombro al enterarse que vivía sola, al despedirse la miró con rostro amable y, sin apocarse, le preguntó si le permitiría visitarla. Algo se agitó en Lisbeth al mirarlo con un brillo especial en los ojos y dudó: ¿consentiría que una nueva persona invadiera su intimidad? Le pareció adorable y se dejó inundar de calidez, pero le entró pavor reengancharse tan pronto, menos con una persona a todas luces menor que podría interferir con su labor de traductora oficial. Afectada en el centro mismo de esa intimidad y, confirmando que la razón y el sentimiento colisionan con asiduidad, bajó la vista con expresión pudorosa y asintió con la cabeza. Abandonado el discernimiento, el ensamble de pasiones acercó sus miradas y deseos al despedirse. El viento suave y fragante pidió, por respeto y tacto, que el trasiego de afectos se lo dejen a él.

Apuesto y dicharachero Iván, lúcida e inteligente Lis, a la tercera visita ya no eran dos extraños deseando conocerse, más bien, dos conocidos extrañando canjear apetencias al compás del mutuo atractivo. *Me encantas y no he querido esperar más* - confesó Iván y, sin nada que meditar, el espacio que los separaba se fundió en la oscuridad. La enternecedora pasión, el comedimiento, las promesas cimentaron una armoniosa convivencia al congeniar con facilidad. Transcurrido un tiempo, cierta noche de parloteo romántico con la lámpara apagada para iluminarse con la luz de la luna a través del ventanal, la encandilada Lis se apenó de no vivir juntos. Aunque le confortaba ser tratado generosamente, la insinuación tomó por sorpresa a Iván que amando su libertad se quedó callado.

No creyó que esa postura cambiara tan pronto. El domingo por la tarde, al no haber bajado a desayunar ni almorzar, la mamá pidió a Felipe que subiera a ver al hermano. Al bajar contó que lo había encontrado no muy lúcido, irritable, con los ojos enrojecidos. Iván descargó a gritos su hondo resentimiento: *sepan de una vez que no he sido ni soy drogadicto, tampoco me gusta el alcohol, ¿me oyeron? Parece que solo buscan mis errores y no mis virtudes...* Odiaba que lo comparen con el hermano contra quien medían sus acciones. No necesitaba cumplir con las expectativas de otros, congraciarse o ganarse la admiración de nadie. Al recordar la invitación de Lis, la llamó por teléfono sin mencionar el desencuentro familiar. *¿A qué hora vienes...?*

Llegó contento a la apacible morada, feliz de incorporarse a la vida de aquel ángel de luz, madura, trabajadora, libre, talentosa que no exigía nada más que su calor. Se miraron y las facciones de sus rostros se colmaron de amplias sonrisas. Transida de amor y devoción, Lis se alegró de integrarlo a su paisaje cotidiano al ver la ternura con que la contemplaba infinitamente cariñoso. Nada los perturbaba en sus días centrados en el umbral del instante. Cada vez que pasaba por su lado, Iván tenía necesidad de acariciarla, de saborear la delicadeza del contacto corporal, de besar sus labios cuidadosamente delineados que es como fluían las avideces que más tarde se complacían. Nadie predijo lo que acoplaba la vida: una mujer guapa e instruida, un joven guapo y silvestre. Bien por ti Iván, aprovecha las sabias rendijas que te brinda el destino para sentar cabeza, condúcete -entonces- con la mayor consideración y urbanidad.

No tardó Iván en tomar el departamento como propio. Entraba y salía a voluntad, acompañaba en las compras, ayudaba en los quehaceres, atendía sus gustos y se esforzaba por no molestar a Lis que roseada de frescos aromas se concentraba en las traducciones. Iván era otro, tan reposado que quedaba por horas en recogimiento absoluto, *evitando pensar demasiado para no interrumpir* -como dijo algún ingenioso para el caso. ¿Y un estornudo? ¡Cataclismo! Por las noches después de cenar, se distraían armando rompecabezas con el despierto Iván encontrando pieza tras pieza para asombro de Lis. Parecía calmado, pero no era así. Advirtiendo que en algún momento llegaría la pregunta ineludible, decidió adelantarse: *No sé por qué, mi amor, me es difícil encontrar un trabajo que me guste, estoy buscando desde hace tiempo…, pero así somos felices ¿no?* Concentrada en encontrar piezas, dando prioridad a sus sentimientos, Lis no se dio el trabajo de replicar, solo esperaba con fruición al momento mágico del bullicio lleno de goces vehementes, de cojines al aire, de persecuciones y travesuras expansivas que culminaban entre risas y melosidades en brazos ardientes camino al dormitorio. Ella siempre quería y él también, ¿para qué postergar? ¡Para qué…!

Pasado un tiempo y conociéndolo mejor, Lis, mujer inteligente y perspicaz, supuso que los episodios de silencios y extravíos del amado provenían de dudas existenciales y, seguramente, de cargos de consciencia que, al permanecer reprimidos, repercutían viciosamente en su bienestar. Era menester -entonces- liberar la carga emocional para aplacar la combustión. Lis esperó que la confianza trabaje en lo que sabe y que el peso insoportable de los pecados apresure. Noches después, al terminar la cena, una larga y florida catarsis ocupó la sobremesa. Al rato, había vaciado las basuras arrumadas en las mazmorras del alma, ¿habría cernido? mientras ella lo alentaba a continuar asintiendo con la cabeza intuyendo que no habría nueva oportunidad. Escuchó con atención y, a medida que avanzaba, estaba segura de que aquella *furtiva lágrima* que veía desprenderse decantaba todos los pesares que le martirizaban. Al terminar, Iván quedó con un sentimiento de hartazgo que no supo disimular, mientras ella quedaba inmóvil y pensativa. La miró aliviado pero descontento consigo mismo al haber compartido intimidades que concernían solo a él y se encogió molesto. Lis, por su parte, alabó su sinceridad, pero le atemorizó la retahíla de excesos y barbaridades que jamás imaginó escuchar, aunque le pareció atisbar cierto arrepentimiento -la lágrima no tenía por qué mentir- en medio de su emotividad y desasosiego. Eso la tranquilizó. No quedó contenta pero sí conforme con lo que propició: *en algún momento agradecerá.*

Nada cambió en la relación, se querían, y eso importaba. Cierta noche de sábanas, se quebró el hechizo del engarzamiento al ver Iván que su virilidad se sumía en una máquina lenta para ponerse en marcha y que, al hacerlo, se desvanecía desconsideradamente para no volver a despegar. No creyó que la humillante situación se repetiría... y volvió a ocurrir. Angustiado, malhumorado, Iván se apresuró a pedir ayuda acompañado de la otra víctima del menoscabo.

- Doctor, desde hace días no puedo…
- ¿Qué no puede?
- No sé cómo decirlo, he perdido potencia…
- Ah, no hay erección.
- Sí hay, pero no se agiganta como antes y se baja rápido, se atrinchera, doc, ni asoma, es un desalmado -dijo en tono coloquial guiñando el ojo y bajando el mentón.
- Ok, dígame, ¿sufre de alguna enfermedad?
- No doctor.
- ¿Ha tenido venéreas?
- ¿Qué?
- Purgaciones.
- No doctor.
- ¿Toma medicinas por alguna razón?
- Tampoco doctor.
- ¿Drogas?
- De ninguna manera, ¡qué va!
- Lo voy a examinar, échese en la camilla –el doctor poniéndose guantes.
- Ya doctor.
- Todo está bien externamente; se trata de una disfunción eréctil.
- ¿Qué es eso?
- Es la incapacidad para conseguir o mantener el miembro erecto.
- ¡Exacto! eso me pasa, ¿hay medicinas?
- Aún no, pero sé que pronto llegarán, por ahora le recomiendo este tratamiento externo; lleve la receta a la farmacia que le indico para que le preparen este

ungüento que lo esparce en el miembro una hora antes.

- Esto me asusta doc, ¿me puede decir que contiene?
- Es un extracto de plantas con un poco de miel para formar una pasta; los espero en dos semanas.
- Muchas gracias doctor.

Dos semanas después:

- ¿Cómo le fue?
- Muy bien, doctor.
- ¿Algún problema?
- No doctor, qué va, ¡esto no me lo quita nadie!
- Puede ir retirándola poco a poco hasta que se haya recuperado. ¿Y usted señora, qué dice?
- Lo mismo que Iván doctor, todo ha ido muy bien, funcionó de maravilla, hasta tenía un dulcecito…
- ¿?

Transcurridos los meses, la espiritual Lis captó que la relación comenzaba a agrietarse en medio de desencuentros al discutir ciertas decisiones gravitantes para la armonía cotidiana. Volver a llamarla Lisbeth con sequedad fue el atisbo, además de mirarla sin saborear las palabras cariñosas que antes le sacudían el rostro y sin los gestos que mantuvieron floreciente la pasión. Tampoco la besaba al acostarse, formalismo que nunca pasó por alto. Los silencios obstinados y los giros torpes en la conversación se acompañaban de indelicadezas en el trato frente a terceros. Cierto día, comiendo en el restaurante, le había incomodado que posara la mirada en las damas de otras mesas, enojosa malacrianza que recriminó sin cortedad. Esos desplantes la mantenían tensa y malhumorada, lamentando que los meses de dócil convivencia se arruinaran. Le dolía porque había sido sincera cuando lo aceptó pensando que a veces el destino concede segundas oportunidades. La apacible luna, la misma que iluminó las noches de distensión y sosiego, irradiaba ahora desencanto y tristeza. Lis no se explicaba por qué los detalles que en su momento irradiaron ternura se trocaban en manías irritantes y se preguntaba, ¿fueron reales los candores que me inundaron de efímera felicidad o solo hojarascas de amor que se convertían en polvo con tanta facilidad? En aquel trance dañoso, se arrepintió de haberte entregado tan ilusamente. Una sensación de dolor y decepción la recorrió por entera y así, completamente extraviada, rogando que la situación cambie, le fue imposible detener las lágrimas de enojo. ¿Creías que a estas alturas era posible algún cambio? Difícil Lisbeth, porque era evidente que Iván no compartía tus sueños ni tus virtudes. Llora -pues- y consuélate con Martí: *"¿Cómo fueran tan vellos vuestros ojos/ si alguna vez no los mojara el llanto…"*.

Tratando de no exacerbar el mal humor de Iván, se mantuvo callada y postergó el derecho a reaccionar, a pesar de que sus ojos acuosos denotaban amargura y desilusión. No, no era claudicar, era el corazón temeroso de volver al pasado. Por alguna razón, le entró una sensación de culpa y mala consciencia: *tal vez debí ganarlo hacia una vida no solo de calma y deseo, también de compromiso, que cimenta el amor fiel y duradero…* En algún momento creyó verlo enternecerse y un soplo agradable recorrió su cuerpo.

Pensando que aún podían emerger juntos de la ciénaga hiriente, prefirió entrar en un terreno de silencios y disimulos para prolongar la esperanza… y esperó.

De nada sirvió. Sus pensamientos volaban por todas partes menos donde ella deseaba. No fue todo. Las conversaciones con la vecina en la escalera del edificio la llevaron al límite de la paciencia. *¿Se estaba burlando? ¿La estaba castigando? ¿Enervar como estrategia?* Esas ofensas dolieron muchísimo. Un estremecimiento la derrumbó en el sofá echando de menos los buenos modales, el humor con que la trató al acogerlo, los apacibles y reparadores que habían sido aquellos días de intimidad después del divorcio que ahora se echaban a perder dejándola con el corazón roto, congoja cruel que lacera sentimientos desde hace miles de años:

> *"Si te miro la voz no me obedece;*
> *mi lengua se quiebra*
> *y bajo la piel, un tenue fuego me recorre,*
> *ya no veo, mis oídos zumban,*
> *brota el sudor, un temblor entera me sacude;*
> *y estoy pálida, más que la hierba.*
> *Siento que me falta poco para morir".*

Safo de Lesbos, 635 a. C.

Los sueños nostálgicos que no dejaba de extrañar naufragaban en un mar de desaires que no podía aceptar. *¿Desprenderme será para mí una batalla cruenta? ¿Perdería por segunda vez?* se preguntó Lisbeth al despertar por la mañana en descarnada revelación del abatimiento. Más tarde, un aluvión de pensamientos de indignación abrió camino al pesimismo: *¿Me habría amado realmente? ¿Me* *utilizó para librarse del hastío de una vida insustancial? ¿Abrir sus sentimientos fue una pantomima y la lágrima de utilería?* Incapaz de neutralizar el dolor, razonó con crudeza sobre la realidad que vivía: *si el más tenue sentimiento de afecto hubiera encandilado su corazón, no expondría esta falacia de amor.* Había profanado su vida y merecía echarle la turba encima para que pague por sus pecados. Al convencerse de que el distanciamiento era inevitable, lo miró irritada y volvió a encararle sus desvergüenzas, dejando un calculado silencio para que lo rompa. Su cara glacial respondió por él. No se sintió incómodo. Una larga exhalación y los ojos en blanco mirando al techo echaron al traste la postrera esperanza de reconciliación que anidaba. El terreno ya estaba abonado a la pugna.

Sin disimular el disgusto por los desplantes que no merecía, la sangre le subió al rostro y, sin perder el autocontrol para no deshacerse en lágrimas, con el espíritu en incandescencia dio rienda suelta a su intención. Amparada en la certeza de su demanda, inspiró profundo antes que la boca hablara desde la profundidad de su alma pidiéndole que se retire, aunque sin el acento severo que requería su magullada dignidad, más bien, con el tono mendicante del corazón dolido que le aporreaba el pecho y le robaba el aliento. Rotos y esparcidos los cristales, con el vínculo estropeado y la discordia en apogeo, temió regresar al mundo traicionero del miedo, la tristeza, la temida depresión y la oscura compañía de la migraña que vivió tiempo atrás. Imposible de sosegarse, lamentó su debilidad, advirtió sus ojos húmedos y sintió piedad por sí misma al verlo trasponer la puerta dejándola en la nada. Para ella fue un instante agónico, para Iván una más…

Lisbeth hizo esfuerzos para superar los vestigios de quimeras perdidas. El tiempo, incondicional aliado, se encargó de sanar heridas, tapiar las remembranzas y propiciar nuevos quereres, recriminándose de su garrafal equivocación cuando creyó, imaginó o quiso ver en Iván un regalo divino, siendo en realidad un presente envenenado, confirmando que todos creemos lo que queremos creer. Después de reflexionar con tino y seguridad sobre las profundas averías que anidaba aquella extraña y compleja personalidad, entendió el beneficio de la separación y -por fin- sin la constelación de pensamientos que por un tiempo la agobiaron, pudo salir de la penumbra viscosa del maltrato, respirar con placidez y retornar a la vida de paz y curación.

¡Hola! Fue el golpe de gracia del destino renuente a sepultar *amores contrariados*. Un estremecimiento le recorrió el cuerpo al mirarlo de soslayo en la bodega. ¿Qué palabras podían intercambiar que no fueran insoportables? Enmudecida, dejó el dinero y salió apresurada para evitar el quebranto de revolver el pasado. Atravesó el parque ensombrecido por el inoportuno encontronazo que en lugar de avivar recuerdos le despertó descomunal desprecio. No se atrevió a seguirla. Menos mal. El movimiento de sus hombros habría delatado la hondura de sus sollozos… marca indeleble de Iván.

****

La reanudación de la vida de cortejos y conquistas rebotando de perfume en perfume marcó su vida por un tiempo. En una velada amical, hundió sus ojos en una airosa muchacha de mirada cautivadora que llevaba un vestido rojo ceñido con los hombros ligeramente a la vista y modales que le parecieron formidablemente sensuales. Al reparar que el joven guapo la miraba, Nora adivinó lo que pasaba por esa cabeza y trató de mudar su emoción y avidez –no escasa, por cierto- en fingida indiferencia. Al poco rato, la expresión de su rostro rectificó al pensamiento y no le quedó sino entreabrir la puerta… *date prisa.* Desplegando suma cortesía, el Adonis moderno capturó el destello especial que la joven irradiaba para inocular lo mejor de su cursilería y redondear el acercamiento, borrando de su mente -escamoteándose a sí mismo- la barrera autoimpuesta de la que solía ufanarse desde que terminó con Lisbeth: *no me quedaré con ninguna hasta disfrutarlas todas.* Eran los dados marcados por la lujuria rampante que corrían a la deriva sin saberse cuándo se detendrían.

Acudía a la pensión de señoritas en Miraflores donde Nora se alojaba desde que llegó de su natal Iquitos para cursar el primer año de universidad. La visitaba enfervorizado casi todas las tardes para compartir impostergables terneces que Nora alimentaba con sus gracias que hacían de Iván un hombre afortunado, aunque algunos pensaban que hablaba de Iván más benevolente de lo que merecía. Todos admiraron su disposición para pulir los ángulos más ariscos de su carácter y mantenerlo ablandado, sumiso y considerado. Iván sentía por ella un respeto rayano en la veneración por su talento y belleza, cubriéndola de atenciones para su regocijo. Norita, lozana y hacendosa, correspondía visitando a la madre los domingos para ayudarla a preparar el almuerzo familiar con amigos, tíos y primos. En esos festines, Iván mostró singularidades no exhibidas, participando en la conversación y opinando con ánimo radiante. La familia comenzó a cavilar que el joven intrépido, rebelde, impredecible portaba ciertos rasgos bienhechores que no se esforzaron por descubrir ni reforzar en su momento. ¿Había motivos para recelar del notable proceso de purificación?

Con la vida cursando por carriles convenientes, al cumplir el segundo *annus mirabilis,* la soledad de Nora en la pensión y el esfuerzo cotidiano de Iván para visitarla no daban para más. Convencidos de la firmeza de sus afectos, pensando en contemplarse e intimar eternamente, decidieron casarse sin analizar adecuadamente el atrevimiento, que de eso se trataba. ¿Qué desvarío los llevaba a precipitarse sin aquilatar que el amor que no se asienta en la sensatez está condenado? ¿No debían primero agenciarse medios de vida? ¿Con qué cara se presentaría Iván a pedir la mano siendo un don nadie? Nada los arredraba, solo contaba el universo de sus deseos.

A pesar de la compleja relación, el hijo descarriado se atrevió a conversar con el padre con aires de suficiencia.

- Quiero trabajar papá…
- ¿¡Que!? ¿En qué quieres trabajar si no sabes hacer nada? ¿Qué has hecho además de mantenerte con vida? Te he repetido mil veces que te labres un porvenir en la empresa, ¡estás desperdiciando tu vida!

–palabras filudas desde el fondo de su inacabada desilusión.

- Lo sé papá, te agradezco lo que tanto me has aconsejado. Ahora quiero enmendarme – poniendo cara de circunstancias, casi casi soltando lágrimas- por eso quisiera ingresar a la empresa, sin privilegios…

Confundido por la cháchara del hijo perdido que más de una vez lo había defraudado, se conmovió del pedido *¡por iniciativa propia!* Al día siguiente lo puso en manos del administrador. Avispado e inteligente, se ingenió para agilizar el recorrido de algunos documentos que dilataban el ingreso de mercaderías que, habiendo arribado, demoraban su retiro de los almacenes del puerto. Se valió de la oportuna recomendación de un agente aduanero adinerado que había sido uno de los destinatarios de los paquetitos del Mario en su época de sigiloso *courrier*. Caminando sincronizado y en paz con el padre, de la noche a la mañana devino en Agente Importador. *¡Gracias viejo!*

Locura y ternura continuaban alternándose en su cabeza, nada extraordinario en Iván. Cierto fin de semana, estando ella de vacaciones esperándolo en su tierra, subió al avión alucinándose frente al altar del brazo de la amada, hermosa ella, elegante él. Confundido en un virtuosismo irreal, se alojó en el mejor hotel de Iquitos y, a mediodía, repitiendo mentalmente la plática preparada, caminó con el sol calcinante hacia la cita trascendental mirando la apacible ciudad y su gente. Los padres y los dos hermanos lo esperaban convenientemente advertidos en la casa de corte moderno.

Queriendo brillar y congraciarse, se presentó -cordial y alharaquiento- portando una botella de vino tinto Chianti italiano con canastilla.

- Buenas tardes, señor, soy Iván –dijo con una ligera venia y sonrisa amable de respeto.
- Pasa hijo, Norita nos ha hablado de ti, qué tal el viaje.
- Muy bien felizmente.
- Te invitamos a almorzar –echándole una mirada integral.
- Gracias, don Eulogio.

En la mesa, la conversación transcurrió en tono distendido con Iván agradecido por el trato afable de la madre que no dejaba de admirar al guapo pretendiente de la hija pasándole platos con solicitud. Había preparado un almuerzo regional para halagarlo. Guapa la señora, lo ponía muy nervioso, pero no permitió que el pensamiento indigno entrara en su cabeza siendo lo que era. Contestó con cordialidad el asedio de la familia mirando a Nora en intensa comunión romántica. Consumido el postre, don Eulogio levantó la mesa y tomándole del brazo lo llevó a caminar. En una pausa de la conversación, absorbido por el nerviosismo y la impaciencia, Iván no esperó para soltar lo que pugnaba por salir: *Don Eulogio, tiene usted una hija inteligente y muy guapa a quien conocí en cuanto llegó a Lima…estamos enamorados y es la razón por la que he venido a pedirla en matrimonio si lo consiente usted; le ruego acepte mi pedido, soy agente importador, somos jóvenes y estamos preparados para abrirnos campo en la vida…,* y siguió hablando de su integridad que, en lugar de enaltecerlo despedía cierto tufillo de insinceridad.

Don Eulogio no necesitó ser un lince para aquilatar al pretendiente. Extrañado por lo que escuchó a quemarropa, encendió un cigarrillo sin ofrecer al joven decidido, conversador, simpático –Iván sabía venderse- dando la razón al enamoramiento de la hija. No obstante, había dejado un flanco descubierto y por ahí atacó. Hombre de arraigadas costumbres, seguía perturbado por la ausencia de los padres como dicta la formalidad. Preguntó por ellos con causticidad sin esperar gran cosa de la contestación. Hizo un movimiento para mirar en torno y habló en el mejor tono que el disgusto le permitió: *Iván, debo agradecerte sobremanera haber venido a presentarte; valoro tu gesto porque me dice de tu educación, de tus buenas intenciones…* No era un elogio de escaso calibre, pero solo fue un espejismo, no había terminado: *me gustaría que antes Norita termine la universidad; como bien dijiste, ambos son jóvenes y pienso que deben esperar… esa es mi decisión.*

Esas palabras sí que mordieron. Iván se sintió ofendido al descifrar lo que transparentaban: *hasta que seas más maduro, más juicioso…* No siendo ningún tonto, había captado que el viejo lo escrutaba desde que llegó. Crispado por la ira, no concebía razón alguna para la postergación y no se cruzó de brazos. Tampoco creyó necesario dispensar cumplidos ni disimulos. Despojándose de la cara amable, de la cordura y del pelaje de *joven educado y de buenas intenciones,* con una ligera venia se retiró indecorosamente: *me despide de su familia, gracias por el almuerzo…*

Con el orgullo filudamente herido, tomó el vuelo de regreso sin ganas de seguir pisando aquella ciudad siniestra que en poco tiempo había mudado de adorable en detestable. No estaba preparado para recibir la ominosa respuesta pensando en lo que costó cumplir el ritual. Lesionado en su dignidad, en las siguientes horas comenzó a maquinar el desagravio. Leer en la revista del avión: *aprender a perder es aprender a vivir*, amainó la enorme erosión emocional del instante, pero no más tarde. Aceptando incluso que pedirla en matrimonio fue una aventura atrevida, no retrocedió: *¡basta de princesas intocables!¡No volveré a verla!* -murmuró resentido- sin importarle el daño al noble corazón de Nora que vivía en la dulce ilusión de llegar al altar. Convertido en un animal terriblemente frío e insensible, dio por terminado su amor, ¿por inservible?

En cuanto llegó a Lima, pidió a la mamá que llame a los amigos. Cuán miserable se sentiría para sentarse frente a quienes había ofendido reiteradamente. Al siguiente día, recibió a Fernando, Ernesto y Gustavo en un ambiente incómodo, con gesto conciliador y el ánimo apagado, sin la vitalidad de otros tiempos, traducción cabal de su contrariedad por el viaje a la China. *Les pido perdón por todo lo que les he hecho; no quería molestarlos, pero no tengo a nadie más y no aguanto...* -atinó a decir, antes de liberar los ecos de la frustrada aventura con pelos y señales. Al terminar, esperó en silencio la opinión del resto. *¿Qué has hecho Iván? No lo podemos creer. No estabas preparado para casarte, lo sabes, la usaste para tus fines y al no resultar la botaste, la engañaste, reconócelo* –criticaron cada uno a su manera. Sin tener claro el modo o la intención con que decía amar a Nora, era evidente que no había sido esencial en su vida. ¿De qué amor se trataba, entonces? ¿No es así el comportamiento de quienes actúan movidos por intereses ajenos a la lealtad y la nobleza? *Eres cruel Iván, ¿por qué la seguiste entusiasmando si tenías dudas de tu amor?* Con la vista baja, como si el suelo le ayudara a responder, dijo por fin: *ni yo sé, quizás porque creí que era la persona que necesitaba para llenar mis días y calmarme de una buena vez...* ¿Qué? Se quedaron pasmados. Su egoísmo, su conveniencia, su hipocresía ya conocían, lo nuevo era su inaudita sinceridad. ¿Comenzaba Iván a ser honesto consigo mismo reconociendo la degradación que alcanzó en su azarosa vida? ¿Borrar el pasado y reivindicarse? ¿Nueva alborada en el horizonte? ¡Qué ilusión más equivocada! Los amigos se retiraron sin entusiasmarse acosados por malos augurios.

Mucho tiempo pasaría antes que vuelvan a verlo.

VII

Bajos fondos

"Tanto a los científicos como a las prostitutas les pagan por hacer lo que les encanta".
Stephen Hawking

Iván reapareció repentinamente después de largo interregno sin ser un paria como todos suponían.

- ¡Hola muchachos… suban!
- ¡Mira, es Iván, qué tal carrazo! -Fernando y Gustavo voltearon al escuchar la voz conocida que llamaba desde el timón de un *Thunderbird* cupé azul descapotable con asientos de cuero blanco, hermoso en su totalidad. Aturdidos con su reaparición, olvidaron el pasado y subieron.
- ¿Por qué se sorprenden? -disimulando la ostentación.
- ¡¿Qué ha sido de tu vida?! ¿En dónde has estado?
- Los estoy buscando desde hace días, acompáñenme a…

- ¿De dónde sacaste esta belleza? ¡Te lo habrán prestado!
- Por supuesto que es mío, ¿por qué dudan? –estirando el cuello en gesto de extrañeza.
- Es que debe ser carísimo…
- Bueno, no es nuevo, pero me gustó en cuanto lo vi y un amigo me lo remató. Vamos, vamos, que tengo que recoger a alguien –dijo, apretando el acelerador para roncar el escape y barrer el viento, con un cigarrillo en la mano izquierda colgada de la ventana en alarde mundano.

Con Fernando a su lado y Gustavo en el asiento de atrás, habló de las características y bondades del auto que le permitieron eludir preguntas indiscretas, incluyendo la acuciante *¿adónde nos llevas?* Sin contestar, se interesó en conocer las novedades de la cofradía, *¿qué es de la vida de fulano y mengano?* Cuanto más avanzaban, más se extrañaban de los sombríos territorios que cruzaban, calles desconocidas de silencios y luces lánguidas en los arrabales de La Victoria. Por fin se detuvo frente a un callejón. *Espérenme...* En pocos minutos regresó con una joven acicalada y de contornos insinuantes. Pidió a Fernando pasar atrás con Gustavo y la sentó a su lado. Escucharon un suave *¡Hola!* y no más. Contagiados del asombro, nadie abrió la boca hasta llegar a un corralón de la avenida Colonial a donde se compra amor sin corazón, diversión sin futuro. Bajó sin despedirse y se unió a las compañeras que bajaban de otros autos.

El silencio incómodo que coronó el episodio no fue suspendido de inmediato hasta buen trecho después, *me han pedido que la traiga...* ¡Sí cuñao! Solo un estúpido hubiera creído. *¿Nos crees cojinovas?* Su pasión favorita la conocían, esto era diferente. ¿Iván putañero? *No jodas, no nos cuentes cuentos, una cosa es ir de visita, otra es ser propietario. Tú nunca fuiste caserito de polillas ni de lupanares en donde se compran placeres carnales como hacen los afiebrados visitantes.* ¡Habla! ¿Cómo entraste al vil negocio? ¿Cuándo comenzaste a rodar por esa pendiente de degradación? ¿Tienes algo más por lo que estás dando tu vida? *Les voy a contar todo* -dijo- *pero otro día porque es largo, mejor les cuento que...* Prendió un cigarrillo e inició la escabullida relatando algunas aventuras supuestamente ocurridas durante su alejamiento. Al llegar a donde los encontró: *Regresaré uno de estos días, saluden a todos, ¡chau!...* Los amigos se sentaron en la banca del parque a desmenuzar lo acontecido. Por más que se esforzaban, no lograban descifrar la intención de llevarlos por aquel periplo por los bajos fondos. Más que eso, ¿qué razón tendría para ostentar sus extravíos además de fanfarronear? Su apego a la vida infamante era lo que hacía que sus días sigan siendo una buena mierda -concordaron.

El chisme y la perplejidad se expandieron como pólvora chispeante. No se conocían sus intenciones y no había respuesta ni si quiera para preguntas primarias: *¿Cómo entró a alternar con personajes del inframundo urbano? ¿Cómo así alcanzó estratos impensables de perversión?* Si de nada sirvieron las lágrimas maternas, mujer pía y bondadosa que con sus estampitas morales se había prodigado en abrirle el corazón para atraerlo a un mundo más consciente, más apacible, más normal sin tirarle de las orejas como merecía,

¿qué podían hacer sus amigos para rescatarlo si no se eclipsaba ante nadie? Las iterativas súplicas de varias fuentes para que se enmiende eran consejos rancios a sus oídos, sin importarle la caída libre al desprecio de la gente. Inútil -pues- intentar detener aquella conducta extraña, vibrante, emocionante para él que sacaba de quicio a los demás. ¿Qué dioses precarios confundían a este idiota? -era constante comentario en la vecindad. Los amigos concluyeron que -pisando los confines de *caso perdido,* entrenado para ir a donde el diablo lo lleve- Iván era un enigma que continuaba sin saber, o sabiendo demasiado, lo que quería para su explosiva y descarriada vida.

La noticia dio vueltas por el barrio durante semanas levantando cuestionamientos y elucubraciones. Todos estuvieron de acuerdo nuevamente: *no lo aceptaremos en el barrio, ahora sí, ¡nunca más!* Conformes con la decisión, quedaba pendiente el chisme: ¿Se apartó o lo apartaron de La Colonial? *Ese joven fue un aprendiz de chulo que sabe Dios cómo llegó a ingresar a aquel mundo marginal. Estoy casi seguro de que alguien más no le permitió despegar* -opinó un avezado conocedor. *Ignoraba seguramente las reglas básicas para escalar a proxeneta que comienza con afianzar amistades de aquel submundo. Nadie se hace chulo de la noche a la mañana, menos sin padrinos fuertes que ayuden a proteger lo que se tiene y protegerse a sí mismo. Solo así es posible aplicar la superioridad y el hostigamiento para mantener contentas a las presas con amor, dinero o droga, y para castigar con rigor si no se recibe el dinero completo, a las buenas o a las malas. La supervivencia manda apretar* *cuando se debe y soltar cuando no se necesita… -*abundó el avezado.

Parece que Iván hizo el trabajo a medias. Ingresaría seguramente sin conocer el asunto y sin pasar por los filtros del aprendizaje que toma tiempo y que enseña a amalgamar el amor y la violencia con que los duchos tiranizan a las ahijadas a fin de mantenerlas cautivas pero contentas, de lo contario buscarán otro papi. Creería que era suficiente la estúpida fechoría barrial para ingresar a ligas mayores. Todo indicaba que Iván fue un crío carente de pericia para gestionar tan sórdida labor por no seguir las pautas básicas del manual de operaciones que se asienta en pilares rotundos: no interferir con la competencia, sostenerse con los fuertes de arriba y saber equilibrar el terror dosificado y el consuelo ocasional. ¿Qué harías mal Iván? Solo tú lo sabes. Pero no tienes por qué quejarte, ¡tienes un Thunderbird! *¡Ni crean!* confesaría tiempo después sin confirmarse si hablaba en broma o en serio: *No llegamos a desarrollar el proyecto que teníamos pensado con unos socios de abrir una discoteca nudista que hasta título tenía: ERECTION. Leímos en una revista que era el templo de una diosa de arriba, mientras que nosotros -modestamente- rendiríamos culto al dios de abajo… ¿Qué?* Todos se sorprendieron. *¿Tú de empresario? No te la des de vivo Iván… te conocemos, tú serías capaz de abrir una fábrica de bloqueadores solares en el centro del Congo ¿o no?*

****

Apartado del barrio y los amigos, harto de habladurías maledicentes, se acercó a familiares y antiguas amistades dejando que transcurra el tiempo, táctica elemental para olvidos forzosos. En ese trajín, una prima lo invitó al lonche de bienvenida a una amiga íntima del colegio que acababa de regresar del *London School of Design* a donde llegó a estudiar arte decorativo. La reunión prometía y alistó su presencia convenientemente. Habiendo arribado retrasado, pareció electrizar el ambiente por su desenvoltura y la forma que lo miraron. Él respondió acercándose con calidez a cada una, para luego, sin cortedad, abrir campo para sentarse al lado de la joven de rasgos finos que había atraído su mirada. Sin dejar de participar en la conversación general, se esmeró en atender a Oriana, la joven agasajada que correspondía a sus halagos con tan agradable voz que avivó sus recónditas fibras huérfanas de incandescencia.

He conocido a una joven muy simpática y educada que acaba de regresar de Inglaterra y la he invitado a salir, se llama Oriana –contó a doña Meche. La madre lo apoyó como siempre, esperando que encuentre morigeración en la formalidad. Llegado el día, iba a llevarla al *Blackout,* el primer e inigualable *pub* que se abrió el Lima a la vuelta del departamento, preferido por extranjeros: muchos pilotos, *fly hostess* y otros, para conversar y escuchar música: *Only you, Sentimental journey, my prayer…* Por razón desconocida, a última hora cambió de planes.

Caía la tarde cuando ingresaron al *happy hour* del Ed's Bar de San Isidro moderno y elegante. A Oriana le recordó los *pubs* que disfrutó en Londres con sus compañeros a la salida del instituto a tomar *a couple of drinks.* Luego de algunas horas de amena conversación, sin cortejo de bar y sin entusiasmo sentimental, el encuentro duró lo que un suspiro y terminó como un encuentro amical agradable y nada más. Fue una pena que el bochorno se encumbrara al llegar la cuenta y no alcanzar el dinero. Disimulando la molestia, Oriana ofreció su anillo con piedra esmeralda engarzada en oro blanco que el administrador recibió de buena gana. *Cuídemela por favor* –remarcó al retirarse. Al subir al auto, Oriana pidió que la dejase en su casa, cortando de plano cualquier intención extracurricular.

Apurado por honrar el compromiso, en pocos días Iván se agenció dinero y recogió la joya. Por curiosidad, antes de devolverla, se acercó a la joyería para conocer el alto valor de tan preciosa alhaja. *Joven, este anillo no es de oro ni la piedra es esmeralda, más le va a costar la tasación... ¿Qué?* Si no quedó paralizado fue por el chorro de indignación que le inundó las venas al recordar la vergüenza que pasó en el bar más lo que costó completar el dinero. *¡Mentirosa de siete suelas! De dónde habrá sacado esta cojudez que no vale un puto cobre* -se quejó a la prima al alcanzarle para que la devuelva.

****

Sin importarle ya su suerte, apremiado por dar rienda suelta al instinto sin demoras ni subterfugios, enlució la caverna lujuriosa del cuarto piso para recibir a las musas bellas y libérrimas que, enteradas de su regreso, ansiaban regalarse con lo mejor de sus encantos. Apoyando sus afanes, un amigo acomodó una frase conocida para beneplácito de Iván: *A diferencia de los reyes que hacen reina a solo una, Iván puede hacer a varias a la vez...* Algunas se la tomaron a pecho y se esmeraron en ser parte de aquella promesa. El silbido era la llave que abría las puertas del cielo para que suban de un solo aliento sin miradas indiscretas. Al llegar, el macho regio las estrechaba en sus brazos esperando que calme el corazón agitado para luego pasearlas por rutas celestiales. ¡Sí señor! Lástima que, en el momento sublime del enroscamiento sin freno y sin hartazgo, olvidaran el tácito y delicado equilibrio entre la acción y el pecado que se rompe cuando falla a último momento. ¿No sabían que la alegría instantánea puede ser precursora de la desgracia? ¡Cuidado, sucede a menudo!

Iván disfrutaba su deporte favorito en la azotea ajeno a toda sensación de peligro por tener claro: terminado el asalto todo se difumina. Ningún tropiezo entraba en sus cálculos. El tiempo no le dio la razón. En aquella gimnasia voluptuosa, el ostentoso seductor acogió a dos jóvenes curvilíneas simultáneamente, blanca una, morocha la otra que, deseándolo secretamente, se insinuaban cada una por su lado con la esperanza del apropio. Encantadas con la miel de sus frases dulces, a ambas correspondió con similar apego e impetuosidad, parcelando las visitas de la semana y dejando un par de días para sí. Nunca se conocieron, aunque de haberse conocido –conjeturaron mentes avispadas- lo hubieran compartido con el mayor deleite aun siendo migajas del banquete de la otra. Cuando pasó lo que pasó, no se concebía lo que sus cabezas portaban frente a un hombre de antecedentes superlativos: tan cercano a la belleza, tan lejos del discernimiento. ¿Ni un recelo, ni una desconfianza?

Hace tiempo que no veo a mi engreído -dijo Carolina a su prima, la madre de Iván- *dile que venga a verme...* Iván no perdió tiempo y se apareció al día siguiente. *Te he extrañado tía* -dijo al abrazarla. *¡Qué guapo estás!* -lisonjeó la tía. Al rato le expresó su interés en verlo: *la próxima semana viajo al extranjero por un tiempo y quería proponerte que te quedes a cuidar la casa...* Iván expandió los ojos de contento conociendo a la dadivosa tía. *Qué ocurrencia tía, estoy a tus órdenes...* El día anterior a la partida recibió las instrucciones: *La empleada vendrá tres veces por semana a limpiar y a prepararte lo que desees, el jardinero una vez, esta es la llave de la casa y esto es para ti* -un cheque que al verlo de soslayo lo dejó boquiabierto. Viuda adinerada, Carolina vivía en una amplia y moderna residencia en el corazón de San Isidro con salida posterior hacia un gran parque de amplios jardines, árboles y muchas fragancias.

Iván, no tardó en convocar a los amigos a disfrutar de las bondades de la mansión, de la deliciosa comida y de los selectos licores. Con ansias desbordadas, el sábado por la tarde lo encontraron afanado en colocar la gata para retirar los tacos -precavida la señora- que suspendían al esplendente Mercedes-Benz para alejar tentaciones. Avizorando lo que les esperaba, ayudaron a ponerlo en tierra. *Ya cuidé bastante, hoy toca divertirnos...* -dijo- y tomando las llaves del tablero habitual de la cocina salieron con aire triunfal. Gustavo propuso visitar a Elsi, guapa compañera de la universidad que de seguro los recibiría encantada. La alcanzaron al entrar la noche en momento en que salía al cumpleaños de una amiga que al verla llegar con tan guapos amigos los recibió exultante. Ninguno se dio cuenta, pero, tan pronto los presentaron, Iván y Elsi habían cruzado soberbios fulgores que se fueron avivando hasta la madrugada. La joven de desafiantes destellos compartió con sus amigas los flirteos con el apuesto galán: *no se imaginan lo que es… es un churro, ¡a este me lo tiro!* El feroz idilio ocupó la mayoría de las noches siguientes, tan feroz que, en una de ellas, fue Elsi quien apuró la azotea para satisfacer las copiosas fantasías de la ducha mañanera, lo que no dejó de sorprender a Iván… Poco después la exhibía por el barrio de la mano despertando miradas inquietas, emociones inflamadas, chispazos de envidia y concreta exclamación: *¡las mejores tetas del barrio!* Aún no se sabía cómo ni dónde conquistó a Gina.

Transcurridos las semanas de convite y juerga, mientras disfrutaban del póker habitual en la larga mesa del comedor, cerca de la medianoche sonó el timbre de la puerta. Iván agudizó el cerebro y el asombro canalizó el grito: *¡Nooooo! ¡Mi tía! ¡Salgan por atrás, corran, corran carajo!* al tiempo que tomaba la llave colgada para tirarla a la calle y salir por la puerta falsa detrás de los amigos. A punto de sufrir un soponcio letal al ver las barbaridades del sobrino, Carolina recorrió la casa asombrada por el desorden y el penetrante olor a licor y cigarrillo. Para completar el desmán, ¡el auto en el suelo! Esperó unos minutos para recobrarse y ordenar las ideas. Con la rabia encendida, llamó a la prima en altisonante queja y, sin necesidad de pensarlo borró de su mente al sobrino bribón, *no sabía que era tan irresponsable...*

No hubo silencio cuando aterrizó la asombrosa noticia por boca de una joven desatendida empeñada en perseguir obstinadamente a la rival. Husmeando con paciencia y perseverancia, un buen día ¡ay! descubrió el secreto ocultoo bajo siete llaves. Con furiosa revancha y encendido placer -la barriga no mentía- corrió a difundir el hallazgo: *¡Iván va a tener un hijo con Elsi! ¡¿Queeé?! ¡No puede ser!* Y el barrio -avispero mayor- se inundó de comentarios *ad infinitum.* ¿Algo podía ser peor? Sí, siéntense y escuchen. Cuando los decibles del escándalo comenzaban a decaer algunas semanas después, una nueva onda expansiva remeció los tímpanos. La misma lengua metiche despachó con renovada malevolencia: *¡Iván va a tener otro hijo!* La realidad superó la incredulidad y la consternación a la sorpresa. No mientes, ¿verdad? Pues bien, dinos, ¿con quién? *Pregúntenle a él, la he visto pero no la conozco.* Más allá de que esa mujer fuera una arpía al ventilar secretos privados, era imposible que la extraña y picante aventura dual la protagonizara el joven ducho en aquellos menesteres. Merecía escarbarse. Nadie la conocía.

Muchas lunas después, Iván relató en tertulia amical los pormenores de su encuentro con Gina. Un domingo de primavera, caminando por el parque, se acercó a una joven sentada en el jardín jugando con el perrito y acariciando las flores. *Son muy bonitas, ¿no?* –comentó escuetamente ignorando lo de Whitman: *Retoza conmigo sobre la hierba/*

quita el freno de tu garganta/ no quiero palabras ni música [...] solo quiero la calma, el arrullo de tu velada voz. Luego de breve charla zalamera, quedaron en volver a encontrarse. El domingo siguiente pasearon alrededor del parque conociéndose mutuamente. El fascinante Iván se fue enterando de los quehaceres de la nueva amiga y, por supuesto, de sus sentimientos. Norteña, había llegado a Lima a estudiar enfermería y vivía en una pensión cercana. Sin conocer a nadie, salía a hacer compras, a pasear por el parque en solitario los fines de semana y entreteniéndose con lecturas y clases de baile.

Sencilla, discreta, sin apetencia por ambientes movidos, encandiló rápidamente a Iván que se animó a compartir lo suyo muy adecuadamente tamizado. Sucesivos encuentros afianzaron el secreto enamoramiento, tan secreto que nunca se les vio por la calle. El tiempo fue asentando el contraste entre el ser extraño, complejo, ostentoso que despertaba estremecimientos territoriales, y la gatita huraña, indefensa, solitaria, recatada, ignorante de las andanzas del nuevo amigo. *Jamás debiste engañarla Iván* -censuraron quienes se enteraron del asunto. *¡¿Cómo?! No me vengan, los conozco, ustedes hubieran disfrutado más que yo el más apetitoso ojal que el mundo ha parido.*

No tardaron los padres de ambas en condenar la *ruindad consciente* del tal Iván, mucho más los de Gina, mientras que él -con sus secretísimas convicciones morales- no aceptaba la villanía, resignándose a recibir en silencio las ruidosas imputaciones que las familias condensaron en *perversidad,* lo más suave de su vocabulario, de ahí que lo que vino era de esperarse. Su desentendimiento desencadenó la implacable persecución de jueces y abogados que obligaron a Iván a liar lo más urgente para escabullirse aterrorizado sin dejar huella ni destino. Culminó refugiado en una hacienda lejana del sur -afirmó al regresar del escondite- aunque alguien juró haberlo visto en un balneario no lejos de Lima. Al abrigo del anonimato, el refugio resultaría providencial para aplacar durante meses *-una maldita eternidad, se quejó-* las tentaciones que seguían hirviendo en su cabeza,

Acicateado por doña Meche, al regresar de la supuesta ganadería, llamó a Elsi hondamente arrepentido deseando conocer a la hija y darle su apellido, condicionando el encuentro en la municipalidad a los tres, nadie más. *Qué bebe tan linda y que lindos ojos,* -dijo, acariciándole la mejilla con el dorso de los dedos; *esos ojos son tuyos* -halagó a Elsi. Luego de la monada y dado que el tiempo había apaciguado la contrariedad del abandono, Elsi lo enteró de que la bebe nació por cesárea y que vivían en casa de sus padres. Al no interesarle las cuitas de Iván, no averiguó de su vida ni sus andanzas, rogándole -eso sí- que aportara a la manutención. Tan pronto concluyó la ceremonia, acabó también la pantomima y no volvió a verlas en años.

¿Iván? Escuchó que lo llamaban en la puerta de la bodega. Al voltear, recibió un golpe en el muslo y, al caer, otro feroz en las costillas. Enroscado y sin aliento, se sentó en el canto de la vereda inmóvil, incapaz de moverse, menos levantarse. Maltrecho, a duras penas pudo pararse y, tambaleándose, alcanzó el edificio profundamente adolorido. En el calvario del ascenso, el dolor del muslo fue nada comparado con el del pecho que le impedía respirar. ¿No te habrá roto una costilla? -aventuró doña Meche. Al no haber fracturas en la

radiografía de tórax, salió de la clínica con calmantes y un vendaje elástico alrededor. Semanas después, ya recuperado, se abstuvo de responder la agresión del hermano.

La intención de acercarse a Gina -en cambio- no prosperó ni prosperaría. No contestó la escueta nota que le hizo llegar a fin de cumplir con los ruegos de la mamá: te pido, por favor, que me permitas conocer a nuestra hija, solo dime en dónde nos encontramos… *Primero en el ataúd que de yerno; que jamás se presente ante mis ojos,* había sentenciado el padre mientras el corazón de la familia continuaba sangrando. Le odiaron como una amenaza universal reprochándole haber cercenado el prometedor futuro que avizoraron para la hija guapa, aplicada, estudiosa que en momento inexplicable había sucumbido por ¿amor? ¿soledad? ¿asedio? o todo junto. Ni el tiempo, ni ninguna otra excusa eliminaron la afrenta. La inscribieron los abuelos borrando del mundo al padre pecador que jamás existió. Abolida de su vida, Iván no llegó a conocerla.

¡Qué momentos por Dios santo! ¿Ni un sentimiento de bondad, de sensibilidad? Si no sentía amor por las hijas, ¿sentiría amor por el resto de la humanidad? *Lo fascinante del mal es que no tiene fondo,* sostenía Umbral.

****

Ni en una hacienda ni en una playa del sur, ¡pamplinas! El secreto del escondrijo quedó al descubierto cuando arribó Peque, amigo de correrías a quien Iván dejó el puesto de *courrier*. Al poco tiempo lo detuvieron acusado de integrar una presunta organización delictiva. Al no tener antecedentes

y confirmarse que -a diferencia de Iván- transportaba diversos encargos a distintos puntos de la ciudad sin conocer el contenido por ser *courrier* de una agencia legal, salió en libertad condicional. Al salir libre, Iván le brindó el cuarto de la azotea hasta que arregle su situación judicial y encuentre trabajo.

VIII

La gesta

"Escóndeme de los planes secretos de los malhechores,
del asalto de los obradores de iniquidad".
Salmos 64:2

Qué suerte tuve de retirarme antes que caiga la poli –se alegró Iván al bajar con Peque a encontrarse con Ernesto, Fernando y Gustavo en el Roma a la hora acostumbrada. Simpático, extrovertido, Peque había caído bien desde que lo presentaron. Habilitada la confianza, en reuniones siguientes reveló los episodios que los amigos desconocían del escape y del refugio que Iván le contó en noches distendidas. Al captar que Peque se iba de lengua, Iván asumió el relato a gusto y paladar, alardeando de las gestas de encomio y obviando las de azoro. Lo cierto es que, al final, terminó contando todo dando visos épicos a la narración.

"Peluquín" Positano, miraflorino de corazón, paseaba su apostura y finos modales en su territorio, consumiendo sus jornadas en casa de amigos en Los Pulpos, playa exclusiva al sur de Lima, en las discotecas de moda o en el gimnasio, según temporada y entusiasmo y, los fines de semana, como infaltable invitado en las fiestas de las jóvenes que lo adoraban por pintón y machazo. Los lujos que se daba, más allá de movilizarse en un *Ford Deluxe,* provenían de algún negocio o empresa lucrativa desconocida. No parecía suficiente la labor de anfitrión de ejecutivos que a todos constaba, a quienes atendía con esmero y calidez desde que llegaban al aeropuerto. No se desprendía en sus rutinas de trabajo, en los recorridos turísticos e incluso en las cenas de finos restaurantes. A pedido, les presentaba hermosas amiguitas con clase, listas a ganar buen dinero para ellas y para él. ¿Algunas empresarias habrían estado dispuestas a satisfacerse con el guapo que tan deliciosamente las acompañaba? *No me pregunten...* -esquivó más de una vez. Peluquín se lucía -pues- en lugares que sus contemporáneos envidiaban. Al final, reconociendo su discreción, recibía generosas bonificaciones. ¿Sería suficiente para los lujos que se permitía?

Iván lo había conocido en el gimnasio en tiempos en que se disponía a saldar cuentas con Gato. Sin nada que temer, desde aquel día caminaron por sendas paralelas compartiendo amistades, caprichos y juergas. Iván se contagió de la intensidad con que su amigo consumía las horas y los días, guardando en reserva lo que de él sabía, aunque no todo lo que debió saber, por lo que le sorprendió la noticia... -según confesó. Necesitando dinero con urgencia para esconderse, a Iván le fue imposible ubicarlo en el departamento, tampoco en los lugares que frecuentaba. Al llegar al gimnasio, le acercaron el diario: *"Banda de chicos miraflorinos se dedicaban a elaborar estupefacientes"*, detallando andanzas y nombres, "Peluquín" Positano entre ellos. Con los pelos de punta, desconociendo la profundidad de la tarea del amigo que juró ignorar, Iván pensó que estarían siguiendo sus pasos por la amistad que los unía y se escondió. Cuando confirmó que no era buscado, lo visitó en Lurigancho con asiduidad llevando lo que el amigo pedía. De ahí que no necesitó pensar mucho al tocarle el turno.

Llegó con apuró a la cárcel no siendo día de visita. Tardó en convencer a los guardianes -a través de la ventanilla del portón- aguzando el cerebro: *miren, ustedes saben que mi amigo Peluquín, recompensa bien a quienes le hacen favores, y este es un asunto muy importante, solo vengo a darle un encargo... me pueden revisar.* Con el ofrecimiento, se allanaron a dejarlo pasar condicionado: *¡Si no se cae, tú te quedas encerrado!* -escuchó al trasponer la puerta hacia el locutorio. Por supuesto que conocían la generosidad de Peluquín cuando invitaba a los alguaciles las exquisiteces de restaurantes cercanos y, más todavía, tratándose de chicas alegres.

¡Peluquín, tienes visita...! -gritó el celador del pabellón. *¿Quién es?* -preguntó. *Es ese amigo alto y pintón que viene a visitarte algunos domingos... ¡Déjenlo pasar!* Peluquín se extrañó: *¿qué te trae por aquí con tanta prisa?* -mientras daba cuenta del chifa que le llevó. Con hablar apresurado, Iván contó el aprieto en que se encontraba perseguido por la justicia.

- Necesito tu ayuda Peluquín, es urgente, debo esconderme o acabaré encerrado.
- Caray, ¡en qué lío te has metido!
- Me están persiguiendo los padres de dos hembritas que he embarazado.
- ¿Qué? Embarazar a una le sucede a cualquiera, ¿pero a dos al mismo tiempo? Eso sí es una estupidez.
- Déjate de criticar y te diré para qué he venido.
- Es que no lo puedo creer.
- Cierta vez me contaste que tus amigos tienen un lugar para casos desesperados.
- Sí, pero no te puedo revelar el lugar porque no lo conozco, solo sé que es muy lejos y muy escondido porque sirve para guardar a gente perseguida por delitos graves, lo tuyo no es nada, ¿estás dispuesto?
- Déjate de tonterías… hazlo de inmediato por favor Peluquincito –mirándolo con ojos brillantes.
- Trataré de ayudarte, tengo que hacer unas llamadas, no te ofrezco nada.
- Puedo llevar una nota tuya a quien sea….
- ¡Qué ingenuidad por Dios! Cómo sabrán que es mía. Tú crees que voy a poner abajo: ¿te saluda Peluquín? No seas estúpido, te acabo de decir que estás hablando con gente brava, ¿entiendes el asunto? Es complicado. Aquí todo se hace boca a boca. De todas maneras, haré algo por ti, y tú te acordarás siempre de este favor ¿Ok? –quería a Iván.
- No tengo un centavo Peluquín, ¿me puedes prestar algo de dinero? -dijo tratando de picarlo.

- ¡Ah, todavía conchudo! ¿crees que estamos en la calle?
- Disculpa, no quise molestarte, pero es que estoy *misio* y no puedo regresar a mi casa -Iván sabía que tenía, pero era difícil sablearlo; al final le prestó.

Peluquín llamó a su contacto: *tengo que hablar urgente contigo y no puedo por teléfono, debes venir el domingo.*

- Escúchame bien, Lucas. Un amigo íntimo me ha pedido un favor y quiero ayudarlo, se llama Iván, lo conozco bastante. Ubica a "Concolón" para que lo esconda, él sabe cómo y dónde ponerlo, probablemente en donde me ofreció a mí, lástima que muy tarde. Convéncelo, es urgente. Ha sido mi *courrier,* es mi causa y de total confianza. Dile que lo persiguen por un lío de faldas, no por *merca.* Los gastos a mi cuenta. En cuanto recibas respuesta me avisas de inmediato, ¿Ok?
- Ya Peluquín, lo llamo al toque.

Iván metió lo indispensable en el maletín de deporte y tomó un taxi hasta el terminal de Yerbateros con el encargo de "Concolón" de ubicar a Francisco Pintado para que lo guíe. *Pucha, qué suerte, a ese lo conozco* -dijo entre dientes- *tal vez tenga otro escondite más cerca.* Sí, Iván, tienes mucha suerte, conociste a *Pancho Pistolas* cuando con una Beretta 4.5 mm bajo la correa recibía a las chicas en el burdel de La Colonial en tiempos de chulo, era el *men.* Pancho anotaba la hora de ingreso y ordenaba al aguatero colocar el letrero en la puerta del cuarto asignado. "Mimi", apelativo de combate de tu ahijada, se hizo famosa por su juventud y atractivo y te mantuvo por varios años, ¿te acuerdas, Iván? Desde hacía tiempo, Pancho y varios secuaces habían impuesto su ley en Yerbateros: ningún bus llenaba pasajeros ni salía del terminal sin dejar la cuota.

- ¡Pancho! –lo llamó Iván en cuanto lo vio al bajar del taxi.
- Hola *Baby* –apodo con que le conocieron en La Colonial- ¿qué haces por acá?
- Solo para ti Panchito, nadie sabe adónde voy; me pidieron que hablara contigo para que me recomiendes al chofer del ómnibus a Trujillo y me proteja, dicen que hay mucho chismoso y también *tiras* de civil que viajan armados.
- ¡Cuidado, amigo! Tienes cara de estar haciendo cosas malas…
- Es que necesito esfumarme por buen tiempo, me están buscando por un lío de faldas.
- ¡Carajo! ¿en qué te has metido?
- Un amigo me está ayudando, no sé a dónde me llevan, ¿no tienes nada por aquí?
- Ahora no, yo sé cuándo puedo ayudar y cuándo no, ya tengo bastante con lo mío. Te deseo lo mejor *Baby*, yo aquí no puedo… ven, te voy a presentar al chofer que sale a la una de la mañana a Trujillo para que te cobre especial y te proteja. No abras la boca ni te bajes en el camino.
- Gracias Panchito.

• No te pases, esta es una más. ¿Recuerdas lo que hice
  para que la vieja Gilda no botara a tu morenita
  cuando se emborrachó y armó un escándalo de los
  mil demonios con un cliente? Allí, toda falta se
  castigaba con brutalidad, yo me acuerdo *Baby*…
  ¡Ja, ja, ja!

Apegado a las instrucciones, al llegar a Trujillo se alojó en
"El Pajonal", modesto hotelito de un suburbio. El desaseo y
el mal olor presagiaban tiempos de renunciación e
incomodidad. Ni bien llegó, se quedó en la recepción
conversando con Julián, cuartelero de mediana edad,
hablador y de buen humor. Se enteró de que los míseros
cuartuchos eran ocupados por comerciantes del interior que
bajaban a comprar o a dejar productos en el mercado y que,
después de sus negocios, regresaban a divertirse. Se enteró,
además, de lo que le interesaba: los lugares de movimiento y
desahogo, *para cuando regrese*…

Paucar, personaje sospechoso a primera vista, de cara adusta
y sudada, ojos enrojecidos y mal trajeado lo recogió la
mañana siguiente: *¿Iván?* –preguntó al acercarse arrugando
el entrecejo como si cumpliera a regañadientes la orden
recibida. Señalando con el índice le indicó en silencio que
subiera a la *pickup*. No dijo más. Tomó la salida a Santiago
de Chuco según rezaba el letrero de desviación. Paucar lo
miraba de reojo sin soltar palabra. Al rato, tomaron un
sendero recalentado de tierra y cascotes entre cañaverales,
largos potreros, colinas y remedos de precipicio hasta una
quebrada que terminaba en una comunidad campesina
enclavada entre montes. *¡Baja!* Fue la tercera palabra que
escuchó en casi tres horas sin responder el reiterado *¿adónde*

vamos? Iván -desde luego- viajó aterrado, a pesar de estar seguro de que Peluquín no lo defraudaría.

"La aguada", aldea de casitas humildes de adobe y cañabrava desparramadas entre corrales y sembríos, alojaba una escasa población de aldeanos que compartían el infortunio de la miseria. En ese territorio ausente que nadie encontraría porque a nadie interesa, Iván abrió los ojos y la boca de asombro, incrédulo, seguro de que en adelante su vida transcurriría en la desventura y con el miedo cebándose día a día, peor aún, sin fecha de expiración. Haciendo gran esfuerzo para sobreponerse, escondió la cobardía y se apeó. En medio del polvo que infiltraba la conversación, Paucar presentó a Don Ramiro y a la esposa, pareja de manos endurecidas que Iván estrechó con temor. Observó callado dos casitas contiguas de paredes de barro y puertas rústicas de madera. *Esta es la tuya* –le señaló Paucar al momento de entregar un sobre a don Ramiro. La imaginó lóbrega por dentro sin haberla aún pisado. Subió dos escalones, atravesó un pequeño porche con barandilla de madera y una vieja mecedora solitaria al extremo. Al entrar, encontró telarañas en el vano de la puerta y lo tomó de mal augurio. Adentro había muebles de madera oscura en la pequeña sala-comedor y el dormitorio con cama, silla y palangana. Silo común en la parte posterior.

Casi no escuchó lo que hablaban por seguir mirando el ínfimo escenario, remoto y vacío en donde lo acababan de depositar. Con la cara reflejando el día más triste de su existencia se arrepintió de haber buscado ayuda. ¿Qué querías Iván? aquí no hay comodidades, estás en los extramuros del mundo, si te aterra la claustrofobia date por bien servido, en Lima te espera el encierro. Aun cuando reparó en ello, decidió pedir a Paucar que lo regrese. *Que quede claro* -escuchó- *si sales de aquí es bajo tu responsabilidad y Concolón te pedirá cuentas si revelas el sitio.* Al salir de la casa luego de dejar el maletín sobre la cama, Paucar había desaparecido. Incrédulo, sin nadie a quien recurrir, se sentó en los escalones a desmenuzar su desamparo.

Con el alma flotando a la deriva en el universo estrecho de aquel lugar desolado de calma desesperante, afectos lejanos y vanas esperanzas, Iván se sintió como un intruso. Sospechaba que la gente fisgoneaba desde sus humildes casitas, mientras él los miraba a hurtadillas, con desconfianza, presintiendo que algo tramaban por orden de Paucar. Vivía aborreciendo el paraje sombrío entre aullidos del viento, el frío del alba que le traspasaba y las densas nieblas nocturnas que oscurecían más las noches de silencio y espanto. No entendía cómo podría vivir en aquel ambiente de cementerio sin las voces que extrañaba, lejos, muy lejos de su ambiente citadino natural.

Imposibilitado de regresar, debía aprender a manejar los embates de aquel destierro para no sucumbir, recordando lo que repetía su madre en queja sin fin por culpa suya: *dame serenidad para aceptar lo que no puedo cambiar...* En días posteriores, atenuaba el infortunio saliendo a vagabundear con el cielo azul salpicado de relucientes nubes blancas, cogiendo una que otra florecilla silvestre antes de internarse entre acequias y matorrales. Finalmente, subía una pendiente para sentarse en el pelado promontorio a contemplar los linderos del caserío y, a lo lejos, el perfil de los montes que se escalonan al cielo. Regresaba con el fulgor naranja que finaliza el día, cansado y con hambre devorador.

Los días progresaban sin hacer falta a nadie, condenado nada más que a existir y avanzar a la deriva. El repentino cambio de la vida libre a la ermitaña, de la disipada a la insípida, le desgarraban el espíritu a pesar de estar convencido: *¡aquí no me encuentra nadie, es un gran escondite!* En las semanas siguientes, se fue resignando a la calma y sencillez de aquellas tierras y a dulcificar la amargura que se encrespaba por la ociosidad y la frustración que deprimen el espíritu. Debía entonces ocuparse en algo para evitar perder el vigor físico y mental que restaban. Se acercó a don Ramiro a pedirle ocupación como el más humilde jornalero por neófito en tareas del campo. Habiendo caído simpático, don Ramiro no tuvo inconveniente en incorporarlo pagándole lo que podía. Lo despertaba al alba a una hora que jamás lo haría por propia voluntad. En cuanto recordaba en dónde pisaban sus pies, se levantaba de un salto a lavarse y tomar el desayuno campesino de leche, pan chapla, quesillo y huevos. De allí a la tierra de nadie a cumplir el compromiso de apacentar las acémilas, a arreglar desperfectos, a transportar el forraje y a ayudar a Don Ramiro en la chacra, cumpliendo el desafío sin quejarse a fin de mitigar las horas crueles de nostalgia y privaciones.

¡Preferible en el fin del mundo que encerrado en una celda! -se consolaba a repetición. Eso comentaba con don Ramiro después de cenar al sentarse a jugar cartas –que aprendió de antiguos escondidos- bajo la luz amarillenta de dos lámparas que llenaban la habitación de sombras oscilantes. Al culminar, se retiraba tan cansado que no había sueño que se

resistiera. La chicha colaboraba -de vez en cuando- a olvidar el palpitante castigo del exilio y capturar un sueño reparador.

Cierto domingo, acompañó a Don Ramiro y su esposa a la fiesta patronal de un caserío aledaño. Iván se incorporó al grupo de gente con máscaras y vestidos multicolores danzando por la calle bajo cadenetas de colores colgadas de los techos. Contagiado de la fiesta, entró a compartir la algarabía de aquel bullicio bailando con aldeanas achispadas que lo jaloneaban a su gusto mientras escanciaban con fervor los cuencos fermentados que circulaban con inusitada rapidez. Tuvo ganas de yacer con una mujer, pero, presenciar el descomunal estropicio del alcohol en dos participantes enfrió el deseo: tirados en el suelo en una *tranca* endemoniada, una mujer seguía vertiendo chicha en la cara del marido inconsciente incapaz de sortear los chorros que le caían y lo ahogaban. *¡Qué bestias!*

La fiesta resultó un regalo divino para Iván por inesperado y, mucho más, por alentador. Además del trato especial que le deparó el patrón de la fiesta, recibió el dato preciso para cumplir el anhelo que le corroía la mente desde el minuto siguiente de su arribo: ¡cómo escapar! *Tomando el atajo que usan los arrieros en su ruta al puquio, llegas a Trujillo a caballo en la mitad del tiempo que toma por carretera -* reveló el patrón. *¡Cómo no supe antes…!* Ese dato, te salvó -como tantas veces pensaste Iván- de cometer el gravísimo disparate de fugarte en el camión de víveres de los sábados y quedarte varado hasta la semana siguiente a merced de tus captores y sin plata, una locura.

- ¿No hay cuatreros? –restó preguntar.

- ¿Qué es eso?
- Asaltantes, ¿me pueden asaltar?
- Aquí estás aislado del mundo amigo, además de montes, arbustos, uno que otro zorro a lo lejos y algún arriero o un chaparrón inevitable no encontrarás un alma en el camino.
- ¡Menos mal!

Entendiendo que nada impediría que Iván haga caso omiso a la conminación de Paucar, don Ramiro se allanó a describir el atajo en un croquis con los puntos de referencia. *No pierdas el rumbo, concéntrate en el papel, perderse es fácil, muy fácil...* De tomar el camino errado, debía regresar por sus huellas mirando el mapa, sin dejarlo a la intuición. *Este camino es para gente despierta...* Con la mente aguzada y adecuadamente arropado, el sábado a media tarde ensilló a Carmela –yegua fornida que gustaba montar- amarró la alforja con ropa y agua alistándose para la travesía. Desde el fondo de su alma, ansiaba blanquear los recuerdos que le seguían lastimando: la familia, los amigos, las agraciadas… Volvió a acomodar el sombrero de paja alerón para cubrirse de la posible lluvia y al grito de *¡a gozarrrr!* enrumbó hacia el horizonte blandiendo el croquis en la mano. Con el ánimo ardiente, ingresó a la ruta borrosa de tierra, piedras y hierba seca que habitan los caminos solitarios. Atravesó un bosquecillo y tomó un sendero estrecho antes de desembocar en una extensa meseta entre nubes y polvo, sin rastro alguno de pie humano. Cuanto más avanzaba más extraño se volvía el lugar. Al final de una trocha serpenteante se detuvo abruptamente creyéndose extraviado al no encontrar el puquio, el hito esencial de la ruta. Siguió con cautela un par de leguas cenicientas hasta el punto en que el sendero enlaza con otro camino y lo vio. Espoleó ligeramente para subir a una loma y ubicarse. Al divisar el camino que restaba, el alma le volvió al cuerpo. *A partir de allí todo será fácil, atraviesa el arroyo y sigue las huellas de las carretas* –había subrayado don Ramiro. Iván, entonces, avivó el paso para ganar a la noche que caía de prisa, llenando la memoria con lo que dejaba atrás para no perderse al regresar. Al entrar a Trujillo, una extraña sensación le recorrió el cuerpo: *bajo tu responsabilidad...*

Exhausto, se alojó en "El pajonal" que ya conocía y subió a descansar. Julián intuía que los extraños en tránsito se escondían de algún delito. *No averigües* -le habían advertido. Entrada la noche, le recomendó "El norteño valiente" de su compadre Avelino en las afueras. *Tómate una cerveza a mi nombre Julián...* -le gritó al salir. Bajó del taxi y, ni bien se presentó, Avelino lo tomó del hombro para guiarlo a la tierra prometida del segundo piso. Desde la escalera escucharon risas alborotadas que callaron tan pronto los vieron. Un espacio al centro hacía de pista de baile y un mostrador-bar en una esquina con sillones y mesitas al lado esperando ocupantes completaban el modesto mobiliario. Al fondo, una cortina desteñida aislaba los dormitorios. Las luces chispeantes desde la bola de espejos diminutos colgada del techo llenaban la sala de claroscuros que impedían ver con claridad. Dos parlantes despedían boleros sensibleros delicadamente escogidos para alentar el baile lascivo y avivar fluidos impostergables. Bajó la cabeza varias veces al coincidir con el mensaje en la pared: *Que vuelva la noche, que vuelva la vida.* Iván sonrió con picardía: *Lo mismo digo yo, a eso he venido,* al momento de sentarse al lado de la joven menos afanosa que había señalado con un gesto de la mano. Sin importar la misérrima atmósfera en el que se divertía, ingresó al ejercicio esperado, cuidándose de no criticar, ni si quiera el olor pesado a transpiración que inundaba los ambientes.

Satisfecho de haber gastado plácidamente la noche, se retiró a descansar al brotar el alba y durmió plácidamente. Se despertó hacia el mediodía aligerado de las penurias que le atosigaban en el refugio. Luego de cancelar y agradecer a Julián, montó en su jaca y entró al camino por donde llegó tratando de no consultar el mapa por estar pensando en los sábados que le esperaban. Desde aquel día, comenzó a mirar su situación desde ángulos más complacientes, *que vuelva la noche...*

Tiempo después, el largo y penoso trote, además de la ausencia de novedades en "El norteño valiente", minó el entusiasmo inicial y redujo las escapadas. El hastío del destierro volvió con ímpetu brutal al punto que lo llevó a pensar en huir definitivamente. Enervado, sintiendo que había soportado demasiado la escabullida, esgrimió lo que solía repetir en situaciones límite: *¡Ya fue suficiente!* Lo tenías decidido. Iván. Te embarcarías a Trujillo en el camión del sábado y de allí en ómnibus hasta Yerbateros sin parar, pensando que, para entonces, Peluquín ya tendría un mejor escondite, o *ya veré...* sin que por ello desapareciera el miedo a ser atrapado. A pocos días de cumplir siete meses y a punto de iniciar la arriesgadísima aventura, inesperadamente reapareció Paucar con la noticia largamente esperada: *Asunto arreglado, regresar.*

Al minuto siguiente, Iván se despedía de Don Ramiro y de la esposa, agradeciendo la acogida y el trato que recibió dentro de sus limitadísimos recursos, de Chachi, la cocinera que lo engrió preparándole sus platos campesinos preferidos, y de los peones, en especial de Pepinillo, el arriero que le puso "niño blanco" como todos le llamaron en las noches solitarias cuando reunidos les contaba la vida en Lima -que solo don Ramiro conocía- además de sus propias aventuras adornadas con tanta chispa que el aire se regodeaba con sonoras carcajadas. Al dejar "La aguada", Paucar era otro, franco y asequible, lo que le permitió a Iván enterarse de lo útil que había sido el paraje para gente en aprietos.

Nadie supo cómo ni quién levantó la orden de detención, aunque se suponía que el padre había intervenido para arreglar las citaciones del juzgado que llegaban a la casa. Iván era -pues- un superviviente, siempre ha sido, ¿lo será? En cuanto llegó a casa, la madre recibió jubilosa al hijo perdido, lamentando su estado flaco y demacrado. Más tarde, acicalado y limpio, le contó lo que sufrió en el destierro. *¡No llores mamá, he pagado todos mis pecados!* ¿Propósito de enmienda? ¡En sueños! Duró lo que un pestañeo. Salió a recoger el Thunderbird encargado con premura al primo de Peluquín con la consigna de dárselo al salir de Lurigancho como habían acordado. Lo recibió en mal estado, con los asientos sucios y algunos arañones en la carrocería. No estaba enterado de que semanas antes, Peluquín había salido en libertad condicional por secundario en la organización -y mucho dinero de por medio- para fugar al extranjero sin dejar pista. Sin un centavo en los bolsillos, vendió el auto al mejor postor.

No tardó en reaparecer en el barrio como un fantasma, irreconocible, mermado en cuerpo y alma. No era el Iván soberbio y pagado de su suerte, más bien callado, sumiso, tratando de ganar simpatías. Sin poder resistir el hielo mortal que le aplicaron, se retiró en silencio para no volver más. Había que esperar para saber si deseaba realmente dar nuevo rumbo a su vida, sin presagiar que le esperaba algo más que dolor, soledad y sufrimiento. Lunas después, alguien lo vio caminando muy campante por Miraflores con juntas de antaño, tratando -seguramente- de recuperar el tiempo perdido.

IX

La estocada

"Si la justicia empleara todo su rigor,
la tierra sería pronto un desierto"
Piero Matastasio

Cuando en plena eclosión juvenil la jovencita de 17 años entró a la bodega, Iván dejó la gaseosa en el mostrador y sin necesidad de conocerse intercambiaron sonrisas amistosas. Alta, lozana, cara de adolescente inquieta, ojos negros vivaces y curiosos, labios encarnados que no repararían en consecuencias, senos perfilados con gracia, el alma pura. Ningún movimiento, ningún gesto la apartaba de lo que era, hermosa en cada detalle. Al contemplar la fruta prohibida que había despertado embelesamiento sin haberla probado aún, el eximio catador de bellezas se sintió obligado a cortejarla. Aquella muñeca de porcelana ya había despertado poses y miradas de galanes incipientes que la perseguían con tesón. Consciente de su propio valor e inventariando lo que tenía al frente, Lily lo eligió. Su caminar airoso como pidiendo guerra y su voz melodiosa como una caricia cautivaron a Iván que, entendiendo que la deliciosa obra de la naturaleza se había fijado en él, estimó que no estaba soñando despierto, más bien, que despertaba soñando en lo que vendría.

Arrobado por su tierno encanto y frescura, sin ojos suficientes para admirarla, cursaba días celestiales escuchando sus terneces y deseándola como a su propia vida. Lily, por su parte, habitaba en una ensoñación placentera, amándolo con ternura infinita y extraviándose en un abismo de sensualidad que se fue avivando a medida que Iván templaba la cuerda de la persuasión. Lo que a él contentaba, contentaba a ella. Lily e Iván, Iván y Lily, pasaron con prontitud del escarceo inocente al paroxismo que hacía a Lily cada vez más mujer y a Iván cada vez más audaz en la cumbre del Morro Solar, recibiendo los encantos de la brisa marina de aromas excitantes. No necesitaban decirlo, ella pedía lo que él pensaba que le estaba pidiendo. Lily lo miró con el rostro resplandeciente, le ofreció su boca, su cuello, sintió un estremecimiento inusual, se le nublaron los sentidos y se entregó. *Me levantó en sus brazos, me besó en el cuello y sentí lo que es amar a un hombre de verdad* –contó a una amiga mucho después al calmar las aguas. Iván había penetrado en su sangre y, cuando aquello sucede, la pasión se establece para siempre. Lo veía imponente. Caminaba como poseída abrazada a su cintura, y él, con el brazo sobre los hombros atrayéndola hacia sí con fingida naturalidad.

Cegada ella, prendado él, se admiraban y estremecían deliciosamente en el cubil exquisito en atronador despertar de los sentidos, cursando los días sin que Lily compartiera con nadie sus fogosas intimidades. En aquel estado, compartían un sentido de convivencia que sorprendía, sin que les alcance las murmuraciones que atiborraban sus oídos acusando a Iván de vulnerar inocencias, a la niña ansiosa por liquidar su virtud y a los padres que volteaban ante lo evidente.

Cierto día, en ambiente de sutil intimidad, Lily captó un ligero temblor al acercarle los labios, *¿te pasa algo?* - preguntó. Iván le contó sobrecogido que había tenido una angustiosa pesadilla en la que ella apareció con el rostro apenado, mirándolo fijamente a cierta distancia, siniestra, fatídica. Un sueño delirante, horrible, tan vívido que lo despertó empapado de sudor, confundido y asustado. Ella se asustó aún más con lo que escuchó y puso la cabeza en su pecho acosada por el miedo. Iván admiró una vez más su singular belleza y descargó sus inseguridades:

- Dime, ¿por qué te gusto?
- ¿A qué viene eso? Sé que me gustas y eso es lo que importa.
- ¿Piensas en mí?
- ¡¿Qué dices?! -respondió Lily sorprendida en alta voz.
- Siempre me pregunto si piensas en mí…
- ¿En qué crees que pienso a diario y más cuando estoy a tu lado? ¡Me ofendes!
- Disculpa, estaba bromeando.

- No me interesan tus bromas.
- ¿Y qué piensas de mí? -volvió Iván.
- No me hagas preguntas tontas, por favor.
- Discúlpame, pero el sueño me ha trastornado.
- A mí también… tengo miedo.
- ¿De qué tienes miedo?
- De que todo esto se acabe, de que me dejes -dijo Lily, frunciendo el ceño a punto de llorar.
- No, no, todo lo que soy eres tú, a tu lado soy feliz, no te dejaré…

Su cuerpo grácil, su espíritu despierto, su docilidad, más allá de la tristeza o el deseo, te alentaban a vivir ¿no, Iván? Nunca la dejarías…

Durante un festín de ímpetus desbocados, Lily se detuvo para ir al baño. Regresó a continuar, aunque sin el brío inicial. Ya en casa, hizo esfuerzos por disimular las inconvenientes arcadas. Encerrada en su cuarto, recordó que, atareados en el regocijo de un encuentro pasado en el santuario elevado frente al mar apurados por la incontinencia, se echaron el riesgo a la espalda y procedieron. No debieron sorprenderse -entonces- cuando al explotar el big-bang, miríadas de miedo y aflicción les alcanzaron con disímil impacto: una madre debutante, un padre por tercera vez. Previsible la reacción familiar con los padres abatidos, invadidos de una rabia indomable que fue incrementándose por la vergüenza ante la familia, los amigos, los condiscípulos y, más todavía, al pensar en el futuro de la hija.

El supuesto experto en evitar el giro peligroso de los encuentros arriesgados, no vaticinó las consecuencias de su imprudencia, si así se puede etiquetar el autoaniquilamiento. Los cielos pletóricos de luz y ventura de días y meses previos se oscurecieron abruptamente por la desazón y la incertidumbre. *¡Aprovechó de su inocencia!* -insistieron los padres en defensa de la hija. *Ni un millón de padrenuestros harán que Dios acoja a este desalmado; este hombre está tronado* –explotó la madre con singular presteza poniendo el índice en la sien. Disminuida por la humillación, con voz débil y resignada, la desdichada intentó amortiguar las intenciones del padre que, indignado, entabló un juicio sumario. Iván vivía las horas asaltado por malos presagios, temiendo lo peor. Lágrimas y más lágrimas bañaban el corazón de Lily arrasado por la causticidad de los comentarios que la avergonzaban al ventilarse en público su pasión juvenil, más todavía, por lo que estaba pasando el amado. Quería decirle que no había renunciado a la llama imperecedera, *¡eres único en el mundo, amor...!* pero no hubo oportunidad.

El silencio penetrante de la sala esparció perplejidad y confusión cuando el juez ignoró el argumento de la defensa que aceptaba la falta, más no delito, *puesto que lo hicieron consentidamente y a repetición durante meses, señor juez.* Iván escuchó el argumento con alivio, convencido de que aquel descargo atenuaría la culpa y su reclamo sería atendido, sin predecir que tuvo efecto contrario: *¡Engaño y violación continua, señor!* –vociferó la madre. La promesa de matrimonio transmitida con solemnidad por doña Meche para expiar la culpa endosada al hijo *-nadie duda de la* *pureza de espíritu de la señorita, ¡se aman señor!* -tampoco fue atendida. Nada atemperaba la tensión insoportable que crecía a medida que transcurría el tiempo en espera del veredicto, todos atentos a los gestos del juez esperando que la decisión decante a su favor. La fricción era notoria en la sala entre las partes.

Falta de escrúpulos, irreflexión, tendencia a la maldad, incapacidad moral y otras perlas que ventiló el acusador remecieron a Iván que no podía desaparecer los sombríos pensamientos que se congregaban y le martirizaban. Se negaba a aceptar lo que para la otra familia -herida y desolada- eran la confirmación de su vileza. Le tocó el estrado al abogado que inició la defensa presentando un argumento que apuntaba justamente a la familia:

> *El comportamiento de la señorita descubre desubicación y molestia en el hogar por motivos que aún ignoramos pero que los hechos corroboran. No es erróneo pensar que angustiada, desesperada e incómoda en la casa, la señorita necesitara salir de ese hogar disfuncional para cobijarse en los brazos del hombre con quien se sentía protegida al darle seguridad, paz y, sobre todo, amor sin reservas. La señorita había afirmado explícitamente: pienso en ti a diario y más cuando estoy a tu lado, tengo miedo de que todo esto se acabe, de que me dejes... Queda claro su temor de regresar a casa, tan real -señor- que durante meses prefería pasar sus días en brazos de su protector de la mañana a*

la noche en vacaciones y después de clases en invierno, apareciéndose en casa de mi defendido o paseándose con él por la calle o por donde la lleve. Era imposible que tal dependencia no despertara en ambos una gran pasión señor juez. Alguien más tiene que compartir culpas y no achacarle todo a mi defendido... ¿dónde -pues- estaban los padres acusadores?

En su turno, el abogado de la familia se esmeró en desbaratar aquel argumento que le parecía deleznable con un escueto:

Estamos discutiendo los hechos y no los elementos accesorios que nada tienen que ver con el infame estupro que ha cometido este ser taimado y despreciable -señalándolo con el dedo estirado- *materia de este juicio señor; la familia pide castigo ejemplar y que asuma la responsabilidad que le corresponde.*

Sin más coartadas que interponer, el defensor lanzó los últimos coletazos que creyó pertinente exponer, como si martillando las mismas ideas esculpiera la inocencia de Iván: *no es infrecuente que la familia tenga una cuota de responsabilidad en las desgracias que motivan el juicio...* -dijo, y repitió el discurso de un escritor nada santo que sabía de cabalgamientos indecorosos, sin mencionar el nombre: *¿Quién es más culpable a los ojos de la razón...una hija* *débil o traicionada o un padre cualquiera que por erigirse en vengador de su familia se convierte en verdugo de la desventurada?"* (Sade).

Iván inclinaba más y más la cabeza al percibir que su futuro pendía de un cabello; aun así, seguía engañándose a sí mismo negando los hechos. Con la cara inexpresiva como en trance, fijó los ojos en lo que hacía el juez que tenía en sus manos las sombras de su pasado, el expediente de guerra que describía su catadura moral atiborrada de pecados y maldades de toda la vida. Nada bueno vendrá -sospechó. Cerró los ojos y los abrió al escuchar lo peor. Al terminar de leer, el juez había arrugado el entrecejo para sentenciar: que el astuto y repulsivo individuo –opinión del padre- debía cumplir detención preliminar. La frase demoledora que atisbaba futura culpabilidad encendió su furia y, exasperado, con la hiel revuelta y una tenacidad terca y cruel, esquivó la mirada de Lily que lloraba y suplicaba para reclamar airadamente la confiscación de su libertad sin entender la esencia de la acusación. Todo era tiniebla, vacío, desesperanza. Ya no pensaba. Una peculiar tristeza palpitó en su alma y aniquiló el discernimiento, al punto que comenzó a madurar un odio inexplicable. El plomo de las horas en la celda era un calvario al resonar en sus recuerdos las imágenes que atesoraba y regresaban a cada instante: los besos, las caricias, las humedades… Una fútil añoranza. Se notaba cuán atormentado estaba su espíritu.

A días del encierro, la mamá llamó nuevamente a los amigos que, después de negarse obstinadamente, terminaron aceptando compasivamente la persistente rogativa de la santa mujer que tantas veces los acogió en lonches juveniles de media tarde. *¡Chicos, vayan a verlo, se los ruego, clama por ustedes!* El emisario del mal salió esposado y con el rostro agriado por la lugubrez de la celda y la grave acusación que lo encerraría sabe Dios hasta cuándo. *No saben lo que estoy pasando..., días y noches son un infierno, entran y salen malhechores a cualquier hora..., duermo a ratos en medio de la pestilencia..., debo salir lo más pronto..., no puedo quedarme en este infierno* - confesó, como si la vida se le agotara por momentos, privado de toda otra sensación que no fuera pánico. El tono sombrío y desesperado les resonó extraño por conocer su estoicismo: nunca se había permitido el más mínimo de los quejidos, nunca victimizado, nunca dejado de ser fiero cuando los demás creían que estaba acorralado, un duro entre los duros. Ahora era distinto. Indefenso, con los nervios desequilibrados y la mente aturdida, el amo del exceso y discípulo de la frivolidad y el libertinaje acusaba un dolor humillante al ver que, además, estaba perdiendo el orgullo, el último y preciado eslabón de amor propio que lo encadenaba a la vida.

Magullados sus sentires, silencioso, solitario, incapaz de desembarazarse de las incesantes ideas hostiles, un monumental ostracismo envolvía sus días. No encontraba la forma de levantar el espíritu en ausencia del temperamento que lo protegió por tantos años. Sin poder dinamitar el pasado para reinventarse ni esperanza de encontrar un destino diferente, el amante apasionado sintió en carne propia lo que es la amargura, la desdicha y se llenó de rencor al ver que el destino le estaba devolviendo uno a uno sus excesos y vilezas, golpe por golpe sin tregua. En esta absurda situación, recién pensaste y con urgencia, en lo último que talvez te hubiera ayudado, el refugio divino, lástima Iván que renunciaras tempranamente a recibir la gracia del Hacedor que hoy reclamas para solventar el encierro. ¿Pensabas redimir tus pecados y maldades a estas alturas? ¡Qué gracioso! Muy tarde Iván para pedir clemencia, aunque tenías razón: perdida la confianza en tus abogados, solo un milagro te podía salvar de la aniquilación, lástima que no hay milagros por aquí cerca, menos para ti. Y no culpe a nadie, pregúntale a tu propia consciencia.

En estos momentos tristes, se reveló el secreto mejor guardado en el trasfondo de su alma: Iván era frágil, vulnerable, lo que aclaraba algunas cosas. Si toda crueldad proviene de la debilidad intrínseca del ser humano, aquella fragilidad fundada en traumas arrinconados del pasado que supo ocultar convenientemente, explicaría el desdén y la crueldad reactiva con que trató a sus semejantes.

- ¿Qué extrañas? –preguntó Gustavo para romper el hielo.
- La calle, a ustedes –respondió afirmando varias veces con la cabeza.
- ¿Y a Lily? Está gestando…
- No la mencionen, no quiero saber de ella, no perdonaré lo que me hace su padre –mirándolos con cara agestada.
- Era la reacción natural de la familia.
- No hablemos más de eso, por favor -frunciendo los labios y mirando a otra parte.

- Es imposible que no sientas nada por ella.
- La he soñado varias veces…
- Es tu consciencia, ha hecho lo imposible para protegerte…
- Dije que no la veré más.
- Crees que amas a las mujeres, pero en el fondo parece que las odias –dijo Fernando. Cuando te echó Lisbeth, dijiste con ironía: *A la mujer no se le toca ni con el pétalo de un fierro…* ¿Te acuerdas?
- Claro que las amo, pero no me hablen de ellas ni de Lily.
- Bueno, si no quieres que hablemos de ella, ¿para qué nos has llamado?

Iván sufría avasallado por la pena y el rencor, convencido de que la amada regia era la autora de la estocada final desde que discutieron la interrupción del embarazo sin ponerse de acuerdo por razones pueriles -según él. *¿Por qué no quisiste Lily? ¡Por qué!*

Con la vista baja, no esperó para soltar el brutal agobio: *entraré a la cárcel si mi abogado no logra conciliar con la familia… no voy a vivir encerrado, sería un tormento… sería demasiado castigo… prefiero morir…* Y se sentó para relajar los músculos y la mente, sin éxito. Gustavo, Ernesto y Fernando escucharon la confesión mortuoria y pensaron que, pulverizada las esperanzas de salir, en lúgubre realismo podría canjear su existencia y colgarse de una sábana. ¿Sería capaz de inmolarse? Si fuera el caso, con el cortejo al final del camino, el caro deseo que perseguiste desde siempre no se cumplirá Iván, nadie te recordará por tu vida, *de que pasaste por este mundo, ¿quién se acordará?*

El cinismo con que se desenvolvía incapaz de reconocer el delito comenzó a incomodar a los amigos y a espesar la reunión. De pronto, como si solo quedasen lutos y velas en el entorno, Iván sintió una sensación de acabamiento que le penetró hasta los huesos. La rabia lo puso fuera de sí y, sin obviar el sentir del instante, descargó sus demonios: *Me siento desamparado, todos me odian... y ustedes, mis únicos amigos, deben perdonarme por haberles fallado, por no seguir sus consejos..., no tengo perdón..., por eso deben olvidarme..., sí, sí, deben olvidarme...* Luego de detenerse para acomodar la idea, con el rostro desfigurado dramatizó el momento levantando la voz: *¡Olvídenme! ¡Ol-ví-den-me...!* Al verlo retirarse, abrumados por la inesperada y contundente conminación, les dio la impresión de que el pánico, en lugar de oscurecerle el pensamiento, lo había iluminado para recobrar la noción de las cosas, como si recién advirtiera el cúmulo de desvergüenzas, delitos, agravios y perversidades que colmaron los vertiginosos días de su existencia haciendo sufrir a tanta gente. Nada podía cambiar el rumbo de la historia que construyó con retorcido esmero.

No hubo conciliación.

Con la esperanza de salir hecha añicos y el destino chamuscándole el futuro, la inminencia obligó al padre a contratar un estudio de abogados con la consigna de conseguir la libertad condicional, *¡a cualquier precio!* No se conocieron los pormenores del ajetreo jurídico que culminó en comparecencia, con la obligación de acudir a todas las citaciones del fiscal o el juez so pena de regresar al encierro.

Tampoco hubo nacimiento.

****

El joven ruin, a quien jamás atrajo el camino de la cordura y la razón, que había apurado su vida hasta los límites, salió de la celda con un gesto de desolación verdaderamente patético. El recuerdo del pasado esplendoroso quedaba apenas como memoria inservible. Dos palitos cruzados, uno más largo que el otro, colgaban del cuello en reemplazo de la pesada cadena de oro que avaló su desubicación en el mundo. Aquel mundo y aquella cruz diminuta de los creyentes de última hora, jamás lograron desbloquear las puertas herméticamente cerradas que conducían a su mente.

En el aeropuerto internacional de cielo gris y lluvioso, la madre se santiguó y la familia entera esperó que el joven con peluca, aretes, labios pintados y larga falda que subía al avión, levante la mano al despedirse para siempre…